≡❤ *Sweet Dreams*

JANET QUIN-HARKIN

La vie c'est autre chose

Traduit de l'américain par
Luce Ventas

Sweet Dreams

HAUTE TENSION

L'édition originale de ce roman,
publiée chez Bantam Books, Inc., New York,
a paru sous le titre :
LOVEBIRDS
Collection SWEET DREAMS. marque déposée (T.M.) de Bantam Books
Inc.
© Janet Quin-Harkin and Cloverdale Press, 1982
© Hachette, 1987.
79, boulevard Saint-Germain, 75006 Paris.

*V*ous est-il déjà arrivé de commencer une journée dans le rêve et de la terminer dans le cauchemar ? C'est ce qui s'est passé pour moi par une froide journée de novembre. Je revenais du lycée en chantonnant sans savoir que le plus beau jour de ma vie allait devenir le plus noir et que mon existence allait prendre un tour imprévu.

Je m'étais réveillée ce lundi-là par une splendide matinée d'hiver. Le soleil faisait étinceler les branches des arbres recouverts de neige et l'air fleurait bon le frais et le propre. Je m'étais longuement étirée en souriant aux anges, puis j'avais pris une douche bien chaude et avais lavé mes cheveux. Comme j'étais d'une humeur particulièrement joyeuse, j'avais enfilé mes vêtements préférés : une jupe de laine rouge parsemée de petits points violets, et un pull en angora assorti. Je m'étais maquillée avec soin mais sans ostentation. Mon rêve serait de devenir mannequin, aussi ai-je appris toutes les règles d'or du maquillage. Pourtant, malgré tous mes efforts, je ne parviens jamais à dissimuler les taches de rousseur qui parsèment mon nez et mes joues, c'est bien embêtant. Mais non insurmontable. Je compense cela en agrandissant mes yeux bleus d'un trait de crayon.

Ce matin-là, après m'être préparée, je m'étais longuement jaugée dans la glace qui orne la porte de mon placard. Pas mal du tout, Tiffany Johns ! Les talons de mes nouvelles bottes me faisaient paraître plus grande de quelques centimètres ; tant mieux car je ne mesure qu'un mètre soixante-cinq. J'aurais intérêt à grandir d'au moins cinq bons centimètres si je veux vraiment être mannequin.

Après avoir pris mon petit déjeuner, je décidai de partir pour le lycée un peu plus tôt que de coutume. Il faisait si beau que je n'avais nulle envie de prendre le raccourci. J'empruntai donc l'avenue principale et grand bien m'en prit, car après avoir parcouru quelques mètres, j'entendis le klaxon d'une voiture derrière moi. Et devinez qui tenait le volant ? Greg, Greg Sanders en personne dans sa voiture de sport rouge vif ; et savez-vous ce qu'il m'a proposé ? De me conduire au lycée !

Évidemment, vous ignorez qui est Greg Sanders, mais lorsque vous apprendrez qu'il est le plus beau garçon du lycée, vous comprendrez que c'est extraordinaire qu'il se soit arrêté pour me parler. Des cheveux noirs encadrent le visage le plus harmonieux que j'aie jamais vu, et ses yeux bruns brillent de toute la lumière du monde. Pendant plus de deux ans, il est sorti avec Janelle Patterson, mais ils ont rompu il y a quelques semaines, et depuis il est libre comme l'air. Toutes les filles du lycée en sont folles, mais aucune ne sait encore qui il choisira.

J'ai la chance de le connaître. J'étais assise à côté de lui aux travaux pratiques de biologie l'année dernière. Nous avons découpé des vers de terre ensemble, enfin pour être franche, c'est Greg qui a disséqué ces malheureuses bêtes, et nous avons beaucoup ri quand le professeur Robinson avait le dos tourné. Grâce à Greg, la biologie m'a intéressée, et, depuis, je trouve que c'est un garçon très sympa. Je n'ai pas la prétention de croire qu'il va me demander de sortir avec lui. J'ai une bonne cote au lycée, mais je ne suis pas la fille la plus en vue. Sa prochaine copine sera certainement Marcia Laird. Elle est toujours là où il se passe quelque chose, elle organise les rallyes, prépare les fêtes, bref tous les élèves la connaissent et l'apprécient.

Quelle ne fut pas ma surprise lorsque Greg ouvrit la portière en me disant :

« Tiffany, je suis super content de t'avoir rencontrée. Justement, je voulais te parler... Dismoi, es-tu accompagnée pour la fête du lycée ? »

Le miracle venait d'avoir lieu. Greg *m'invitait* au grand bal de fin d'année. J'essayai de trouver une réponse élégante.

« Si c'est une invitation, je l'accepte avec plaisir. »

Seul mon sourire triomphant dévoila ma joie.

« Extra ! Et si on s'embrassait pour célébrer l'événement ? »

Sans me laisser le temps de répondre, il se pencha vers moi, prit mon menton dans sa main et effleura ma bouche de ses lèvres chaudes. Quelle merveilleuse façon de commencer la journée !

Toute la matinée, j'ai arboré un sourire béat. J'étais tellement contente que je n'avais envie de raconter à personne que Greg m'avait embrassée et donné rendez-vous. Je voulais garder mon secret toute la journée. Demain, j'aurais encore largement le temps de le dire à mes amies. Mais, je n'étais pas au bout de mes surprises... Lorsque Marcia Laird me demanda si je voulais bien créer les maquillages de la pièce de théâtre montée par le lycée, j'ai bien failli éclater en sanglots. J'avais suivi des cours d'esthétique, et m'étais entraînée sur mes copines, mais jamais je n'aurais pu imaginer que Marcia me proposerait cela. Seuls les élèves les plus populaires participaient à la pièce !

Sur le chemin du retour, je planais sur un petit nuage. Je demanderais à ma mère de m'offrir une nouvelle robe pour le grand bal, et j'imaginais déjà de somptueux maquillages pour la pièce. *Comment peut-on être heureux à ce point ?* Mon bonheur me ravissait. *Il y a deux ans, tu étais terrorisée à l'idée de quitter la Californie pour New York après le divorce de tes parents. Maintenant, non seulement tu as survécu à un nouveau lycée à l'autre extrémité du pays, mais encore tu fais partie des gens les plus populaires du lycée et Greg t'a invitée au bal.* Que pourrais-je espérer de mieux, à part peut-être un contrat d'exclusivité avec un grand magazine ?

Je redescendis sur terre pour me rendre compte que plusieurs magasins de Main Street avaient déjà décoré leurs vitrines de Noël, pourtant, nous n'étions qu'à l'époque de Thanksgiving (1). Comment allions-nous passer les vacances de Noël cette année ? Et les fêtes ? Ma mère n'était pas fanatique de ce genre de festivités. Elle est terriblement maniaque, et Noël signifie pour elle papiers froissés et aiguilles de sapin sur la moquette. Elle est à ce point ordonnée qu'elle déteste préparer à manger de peur de salir la cuisine. Nous irons donc probablement fêter Thanksgiving et Noël dans un restaurant. Et pour se faire pardonner, elle m'offrira de somptueux cadeaux. Son ami Dennis, lui, ne

(1) Thanksgiving : fête religieuse très célébrée aux U.S.A. le dernier jeudi de novembre.

trouvera rien de mieux à m'apporter qu'une poupée. Pauvre Dennis, il ne comprend décidément rien aux filles de mon âge et me prend toujours pour un bébé.

Je chassai ces pensées désagréables de mon esprit pour me concentrer sur des choses plus plaisantes. *J'ai hâte de raconter à maman ce qui s'est passé avec Greg, pourvu qu'elle soit déjà rentrée, on pourrait dîner ensemble pour fêter l'événement...* Mais dès que je franchis le seuil de la maison, ma joie s'évanouit. Maman était bien là, mais elle n'était pas seule.

« C'est toi, Tiffany ? Viens vite nous rejoindre au salon, j'ai une surprise pour toi. »

Je poussai la porte et vis ma mère précautionneusement assise sur le canapé blanc qui mettait en valeur l'éclat chatoyant de son pyjama de soie rouge d'Orient.

« Regarde qui est là, ma chérie ! Dennis. »

Il était bien là, perché sur une chaise de cuir et de chrome. Il était toujours aussi mal attifé, et une mèche de cheveux ramenée savamment sur son front cachait mal sa calvitie.

Si ma mère s'imagine que c'est une bonne surprise de trouver Dennis à la maison, elle se trompe ! Cela devait d'ailleurs se lire sur mon visage. Dennis ne vit rien ou ne voulut rien voir. Avec sa bonne volonté habituelle, il me demanda :

« Comment se porte notre future reine de beauté ? A ce que je vois, tu as encore grandi, tu as bien pris cinq centimètres depuis la dernière fois que je t'ai vue.

— Voyons, Dennis ! Vous m'avez vue la semaine dernière. Si je grandis à cette allure, il va falloir que j'envisage une carrière de basketteuse. »

Dennis eut un petit sourire, mais ma mère ne sembla pas goûter ma repartie outre mesure.

« A propos, Dennis, comment se fait-il que vous soyez ici ? Je vous croyais parti en croisière.

— Je n'ai pas pu me résoudre à abandonner ton adorable mère, me répondit-il en lissant sa mèche de cheveux du plat de la main.

— Dennis a décidé de ne pas partir, car une croisière en solitaire, ce n'est pas très amusant, alors il est venu me voir pour me proposer... » Elle s'interrompit, et consulta Dennis du regard.

« Oui, Tiffany, j'ai demandé à ta mère de m'épouser », déclara-t-il avec ravissement.

Mon regard alla de l'un à l'autre. J'essayais de comprendre et de faire bonne figure mais c'était aussi simple que de réagir à l'invasion de l'Empire State Building par une horde de martiens.

« Dennis veut t'épouser ? demandai-je à ma mère d'une voix sans timbre.

— Oui, ma chérie, tu as bien entendu et je t'annonce que j'ai accepté. Nous nous marierons samedi prochain, et le lendemain

11

nous partirons en croisière dans le Pacifique. N'est-ce pas merveilleux ?

— Oui, certainement. » Les mots s'étranglaient dans ma gorge. « C'est la meilleure nouvelle de l'année... »

Sans pouvoir me contrôler, je m'enfuis en courant dans ma chambre dont je claquai la porte avec fracas.

Je n'éclatai même pas en sanglots. J'avais très peu pleuré depuis deux ans, j'avais versé trop de larmes lors du divorce de mes parents. Je crois mes yeux secs à tout jamais. Je suis allée m'asseoir à ma coiffeuse et j'ai interrogé le miroir.

« Ma mère... épouse Dennis... est-ce vrai... ? »

Mon reflet me regardait, empreint d'une expression désespérée. Je laissai glisser mes mains le long de la froide surface de la table. Ma coiffeuse était en verre et en chrome comme tous les meubles de maman. Si j'avais pu la choisir, j'aurais préféré un petit meuble de bois un peu désuet mais très romantique. Malheureusement, maman avait été on ne peut plus claire :

« Il faut que les meubles soient assortis, ma chérie. Ce n'est pas une maison de campagne encombrée de bric-à-brac. »

Aujourd'hui, pour la première fois, j'étais bien contente de l'avoir, ce meuble froid et impersonnel. Sa surface de verre m'apportait un peu de calme.

Alors que je sentais une certaine détente m'envahir, l'on frappa doucement à la porte.

« Tiffany, ma chérie, laisse-moi entrer, ouvre la porte, il faut que nous parlions. »

En soupirant je me levai, et traversai la pièce en traînant les pieds sur l'épaisse moquette de laine.

« Tiffany, nous allons avoir une petite discussion, me dit ma mère dès que j'eus ouvert la porte.

— Il n'y a rien à ajouter, tu as décidé d'épouser Dennis, un point c'est tout.

— Mais je veux que tu sois heureuse toi aussi, mon chou. Viens t'asseoir, nous serons mieux. »

J'étais sortie de ma chambre, et nous étions face à face dans le couloir où la voix inquiète de Dennis nous parvint.

« Voulez-vous que je vienne ?

— Non merci, mon chéri, s'écria ma mère. C'est une discussion entre femmes. Sers-toi un apéritif, nous te rejoindrons dans un moment. »

Nous regagnâmes ma chambre.

« Je ne comprends pas ce qui te bouleverse tant, je croyais que tu avais de l'affection pour Dennis.

— Mais oui, il est sympa, ça ne veut pas dire pour autant que j'ai envie qu'il soit mon beau-père.

— Tu te doutais bien de quelque chose, dit ma mère en s'allongeant sur mon lit, tu as bien dû voir que je tenais à lui. »

13

Je hochai la tête, et me rassis à ma coiffeuse.

« Je pensais qu'il n'était qu'une simple passade.

— Pourquoi cette soudaine hostilité ? Dennis est un homme extraordinaire. Il est chaleureux, tendre et attentionné. Il aime à être entouré de belles choses comme moi, et apprécie l'ordre. Pas comme ton père qui semblait n'aimer que l'agitation et les randonnées dans la boue. Dennis et moi, nous nous complétons à merveille. J'attendais depuis longtemps qu'il me demande en mariage, je suis folle de joie. La seule chose qui gâche mon plaisir, c'est ton attitude. Je voudrais tant que tu partages notre bonheur. »

Je ne pus m'empêcher de me sentir coupable.

« Je veux que tu sois heureuse, maman, mais je ne m'attendais pas à cela. J'imagine qu'il pourrait m'arriver bien pire que d'avoir Dennis pour beau-père. »

Soudain, une pensée horrible me traversa l'esprit.

« Vous voudrez bien de moi lorsque vous serez mariés ? »

Ma mère se précipita vers moi pour me prendre dans ses bras.

« Bien sûr, ma chérie, Dennis t'adore, tu sais !

— J'ai eu si peur pendant un instant. J'ai cru que vous alliez emménager dans son appartement de Manhattan, trop petit pour que j'y vive avec vous.

— Mais non ! Nous vivrons, certes, à Manhattan, car Dennis n'aime pas la banlieue mais nous trouverons un appartement assez grand pour que nous puissions y vivre tous les trois, ne t'inquiète pas. De toute façon, nous ne chercherons qu'à notre retour. En attendant, nous restons ici. »

Il me faudrait une fois de plus changer de lycée... J'écartai ces pensées, j'avais bien assez de problèmes pour le moment !

« Dis-moi, maman, qu'est-ce que je suis censée faire pendant que vous serez sur le paquebot ?

— Tout est prévu. Depuis le temps que ton père veut te voir, il va enfin être satisfait. Je lui ai téléphoné, il t'attend dimanche prochain.

— C'est impossible ! C'est bien avant les vacances. Les cours ne seront pas encore terminés.

— Je le sais bien, ma chérie, mais on ne peut pas faire autrement. Notre bateau prend la mer dimanche. Je ne pensais pas que cela t'ennuierait autant de sécher un peu le lycée, tu rattraperas à la rentrée.

— Oh non ! » Là, j'ai bien cru que j'allais pleurer. « Maman, c'est impossible, il y a le grand bal de fin d'année, et Greg Sanders m'a invitée. Je ne raterai pas ce bal pour un empire.

— Tiffany, Greg n'est pas ton petit ami. Ce n'est donc pas si grave que ça !

— Greg n'*était* pas mon petit ami mais les choses ont changé.

— Ah bon ? Tu n'es pas folle de lui, que je sache.

— Maman ! » Je m'efforçais de garder mon calme. « Toutes les filles du lycée rêvent de sortir avec lui mais c'est moi, tu entends, moi qu'il a choisie.

— Ma chérie, je pense, qu'en effet, je ne comprends pas. Si tu aimais vraiment ce garçon, ce serait différent. En fait, ce qui t'importe, c'est ce que les autres filles vont penser. Tu ne peux pas mettre en balance une fête avec des vacances avec ton père et ton frère que tu n'as pas vus depuis deux ans. »

Décidément, tu ne comprends vraiment rien, ajoutai-je en moi-même.

« Quoi qu'il en soit, continua Maman d'un ton enjoué, je ne t'ai pas tout dit... Ton père doit tourner un film et tu vas partir avec lui. Et devine où aura lieu le tournage ? EN AUSTRALIE ! »

Pendant une seconde, je crus que j'allais partager l'enthousiasme de maman. Ce serait, peut-être, l'occasion d'entamer une carrière dans le cinéma... Mais non ! Où avais-je la tête ? Papa ne faisait pas de films, il tournait presque toujours des documentaires ou des dramatiques dans des décors naturels. Bien que... Je pourrais, qui sait, faire de la figuration ou maquiller les acteurs, il faut toujours un maquilleur sur un

16

tournage. C'était là une occasion rêvée de parfaire mes connaissances et acquérir un peu d'expérience en vue de la pièce de théâtre du lycée. Après tout, cela valait certainement la peine de rater le bal, en plus je ne connaissais pas l'Australie, et c'était, sans doute, un continent qui méritait d'être visité.

 *L*e lendemain, ma bande de copines attendait comme d'habitude au pied de l'escalier principal du lycée.

« Alors, ces rumeurs ? hurla Jeany dès qu'elle me vit apparaître dans le hall. Il paraît que Greg Sanders t'a invitée au bal de fin d'année.

— Tu en as de la veine, renchérit Elizabeth. Tu sais combien de filles lui courent après... et moi avec, d'ailleurs. Raconte ! Comment as-tu fait ?

— Elizabeth ! Tu ne comprends rien à rien, ajouta Becky avec un sourire malicieux. Avec son charme, son esprit et sa beauté elle n'a même pas eu à lever le petit doigt. »

Toutes les filles éclatèrent de rire.

« Trêve de plaisanteries, décréta Jeany. C'est

vrai ou ce n'est pas vrai ? Il faut que tu nous le dises, tout événement extraordinaire doit nous être rapporté et Greg Sanders est extraordinaire.

— Oui, c'est vrai. » Ma voix faillit se briser. « Voilà pour la bonne nouvelle, la mauvaise, c'est que je ne peux pas y aller.

— Pourquoi ? demanda Elizabeth ahurie.

— Si ta mère ne veut pas te laisser sortir, dis-lui qu'on fera le siège de la maison jusqu'à ce qu'elle te libère, dit Becky avec enthousiasme.

— Ne t'inquiète pas si tu as une dissertation à rendre, on t'aidera, tu peux compter sur nous », ajouta Elizabeth.

Malgré ma détresse, je parvins à sourire.

« Rien de tout cela ne pourrait m'empêcher de rater le bal. Malheureusement, c'est beaucoup plus grave. Ma mère se remarie.

— Non ! Pas possible ! Avec qui ? demandèrent-elles à l'unisson.

— Dennis ! répondis-je en soupirant.

— Dennis le ringard ? » Becky paraissait horrifiée. Elle l'avait rencontré plusieurs fois, et savait ce qu'elle disait.

« Lui-même.

— Quelle horreur ! Je te plains, dit Janet avec compassion. Tu crois qu'il va porter un col roulé sous son smoking le jour du mariage ?

— Il va certainement faire venir un orchestre musette, dit Jeany en riant.

— A mon avis, il va porter une moumoute au

20

lieu de rabattre continuellement sa mèche de cheveux, continua Elizabeth.

— Très drôle ! On voit que ce n'est pas vous qui devrez passer le reste de votre vie sous le même toit qu'un monsieur qui croit que "Police" est un groupe de flics, et pour qui rentrer à onze heures du soir est un crime.

— Tiffany ! Tu sais bien que nous sommes de tout cœur avec toi. On ne peut s'empêcher de rire parce que Dennis est vraiment ridicule, dit Elizabeth en posant sa main sur l'épaule de Tiffany.

— Mais, bien sûr, on est avec toi, confirma Becky. Mais, il y a un détail qui cloche. En quoi le mariage de ta mère peut-il t'empêcher d'aller à la fête ? Après tout, elle accède à son rêve, pourquoi pas toi ?

— Seulement un petit problème de lune de miel, répondis-je. Leur bateau part cinq jours avant le bal. Je suis donc expédiée chez mon père ; ainsi, ma mère ne se sentira pas coupable de me laisser seule.

— Tu pourrais passer la semaine chez moi. Mon père te conduira à l'aéroport le jour J », ajouta Becky avec entrain.

Je poussai un gros soupir.

« Tu sais bien que ma mère est la personne la plus têtue du monde. Pour des raisons connues d'elle seule, elle a décidé que je serai en sûreté chez mon père au moment où elle partira en croisière avec Dennis.

— Je ne savais pas que tu avais un père. » Elizabeth semblait étonnée. « Tu n'en parles jamais.

— C'est vrai. Mes parents ne se sont pas séparés dans les meilleurs termes, et cela fait au moins deux ans que je n'ai pas vu mon père.

— Il n'a pas de droit de visite ? demanda Janet.

— Si, mais ma mère se débrouille toujours pour que je ne puisse pas le voir.

— C'est vraiment pas sympa, du moins si tu as envie de passer quelques jours avec lui, dit Jeany. Remarque, en ce qui me concerne, je serais ravie de ne jamais voir mon père. Lorsque je vais chez lui, la seule chose qui l'intéresse, ce sont mes résultats de maths, il se moque bien de savoir ce que je deviens et je t'assure que ça me fait de la peine.

— Moi, j'aime bien mon père. Il est très sympa et j'ai vraiment envie d'aller le voir. En fait, j'ai très envie d'aller en Californie. La seule chose qui m'ennuie réellement, c'est de laisser passer l'occasion de sortir avec Greg, dis-je.

— Ton père vit en Californie ? » demanda Janet toute excitée. Elle voulait faire carrière à la télévision, et, pour elle, *tout* se passait en Californie.

« Oui, à Beverly Hills en plus. Il va en Australie pour tourner un film, et je pars avec lui, ajoutai-je avec quelque fierté.

— Beverly Hills ! Il tourne un film ! Il est acteur ?

— Non, metteur en scène, mais rien à voir avec Steven Spielberg. Il fait plutôt des documentaires ou des reportages, sur des trucs spectaculaires, des records de ballons dirigeables ou des cinglés qui descendent des rapides en bateau...

— Je commence à saisir pourquoi ça ne marchait pas fort entre ta mère et lui, ce n'est pas le même style, dit Becky.

— Tu as raison. Le sport favori de ma mère, c'est de se lisser les ongles. La seule fois où mon père nous a emmenées camper, un insecte est entré dans le sac de couchage. Elle a tellement hurlé que le garde forestier est arrivé en courant croyant qu'un ours l'avait attaquée.

— Pourquoi se sont-ils mariés alors ? » demanda Janet.

Je haussai les épaules.

« Ça, mystère. Ils travaillaient tous les deux sur le même film, ma mère était costumière et mon père cameraman. Ils étaient très jeunes, ma mère était très belle, alors...

— Les gens font des trucs insensés quand ils sont amoureux, déclara Elizabeth d'un ton sentencieux. Dis-moi, Tiffany, comment vas-tu expliquer à Greg que tu ne peux pas aller au bal avec lui ?

— Après les cours... Je n'ai pas le choix.

— On pourrait en parler à gauche et à droite,

dit Jeany, comme ça il serait au courant, et tu n'aurais pas à expliquer tes problèmes.

— C'est hors de question, Jeany. Je suis assez grande pour le lui dire moi-même. Je ne veux pas qu'on lui raconte n'importe quoi. Il s'imaginerait que je n'ai pas envie de sortir avec lui.

— O.K., Tiffany, pas de problème. On sera muettes comme des carpes.

— Ce film en Californie, ça parle de quoi ? demanda Janet.

— Aucune idée. J'espère seulement qu'il y aura un mignon petit acteur qui aura envie d'aller danser. Je vous raconterai TOUT dans les moindres détails dès mon retour.

— J'y compte bien ! Alors, ma vieille, bonne chance ! Tu rentres quand ?

— Après les vacances de Noël. Je pars presque cinq semaines, une en Californie et les quatre autres en Australie !

— Cinq semaines ! Tu crois que tu seras rentrée pour la pièce, sinon Marcia demandera à quelqu'un d'autre de faire les maquillages », ajouta Becky.

Je n'avais pas songé à cela. Il ne manquerait plus que les maquillages soient exécutés par quelqu'un d'autre ! Décidément, la vie n'était

pas rose pour moi !

La petite discussion avec Greg s'est bien passée. Il m'a dit que c'était affreux d'avoir à manquer le bal, et a lancé quelques plaisanteries sur les beaux garçons blonds et musclés de Californie. Etait-il furieux ou déçu ? Je ne parvenais pas à le savoir. Nous avions pris l'habitude lors des cours de biologie de plaisanter plutôt que d'exprimer ce que nous ressentions. Pour nous, la vie n'était qu'une gigantesque blague, et tant que nous pouvions tout tourner en dérision, nous étions contents. Là, pourtant, j'étais assaillie de doutes. Tenait-il à moi ? Maman avait sans doute raison lorsqu'elle prétendait que notre relation était plus amicale qu'amoureuse. Elle m'avait aussi accusée de vouloir sortir avec Greg, seulement pour montrer aux autres filles ce dont j'étais capable.

Entre les préparatifs de Thanksgiving et les courses dans les magasins pour trouver une robe qui me plaise, le temps s'écoula rapidement. La veille du mariage, Becky vint m'aider après les cours à faire mes valises.

« Tu emportes tout ça ! s'exclama-t-elle. On dirait que tu pars pour un an, au moins.

— Il faut bien que je montre à ces arriérés de Californiens combien nous sommes élégants sur la côte Est. Mon père croit que je suis encore une petite fille. Il est temps qu'il s'aperçoive que j'ai grandi. Remarque, il est si distrait qu'il ne s'en rendra peut-être pas compte. Il n'a jamais porté la moindre attention aux toilettes de ma mère, je peux te garantir que ça la rendait furieuse.

— Au fait, que va-t-elle porter au mariage ? Dennis et elle vont-ils assortir leur tenue ?

— Je ne sais pas. Maman a acheté une robe de soie pêche, superbe.

— Et toi, tu as une nouvelle robe ?

— Oui, mais pour la première fois de ma vie, je m'en fiche complètement. D'ailleurs, ce mariage m'est égal.

— Je vois... Crois-tu vraiment que ces fringues sont adaptées au climat australien, me demanda Becky en prenant une mini-robe rouge très épaulée. J'ai l'impression que cette robe ne correspond pas aux activités de ton père.

— Je n'ai pas l'intention de partager ses activités. Le sport et la vie aventureuse, très peu pour moi ! Je pars en vacances, et je compte bien rester au bord de la piscine de l'hôtel à siroter des boissons fraîches en me faisant bronzer. Pour ça, je tiens de ma mère. Mon père et mon frère partiront en expédition s'ils veulent, moi, je resterai en ville...

— Quoi ! Tu as un frère, et tu ne me l'avais jamais dit ! » Becky était tout excitée. « Quel âge a-t-il ? Il s'appelle comment ? Il est beau ?

— Il a dix-huit ans, et il s'appelle Adam.

— Tu as un frère de dix-huit ans et tu n'en dis rien ! Toi, tu n'es pas une amie !

— Ça m'étonnerait bien qu'il te plaise. Il ne se passionne que pour les insectes, et il collectionne des timbres et des bêtes rampantes qu'il met dans des bocaux.

— Mais, Tiffany, tu ne l'as pas vu depuis deux ans, il a certainement beaucoup changé. S'il est mignon, demande-lui, sans faute, s'il n'aurait pas envie de correspondre avec une ravissante jeune fille de New York.

— J'espère bien que ses copains ne s'intéressent pas qu'aux insectes. J'aimerais bien aller à des fêtes. Ma mère ne veut jamais me laisser sortir tard, je rattraperai le temps perdu. Je te promets que si je déniche des garçons bien, je te les expédie par colis recommandé.

— Tu en as de la chance ! J'imagine ces fameuses fêtes autour d'une piscine à Beverly Hills, l'exotisme de l'Australie. Je suis certaine que les gens qui tournent un film savent bien s'amuser.

— Ne t'inquiète pas, Becky ! Je t'enverrai une carte postale avec tous les détails.

— Contente-toi de mettre dans tes valises quelques garçons bien bronzés de Californie ou d'Australie, tu nous les offriras en rentrant. Déjà six heures ? Il faut que je parte, ma mère me tuera si je suis en retard pour le dîner. Allez ! salut, Tiffany, amuse-toi bien, avertis-moi dès ton retour. »

Voilà, elle était partie. Ni Becky ni Greg ne m'avaient dit que je leur manquerais. Personne d'ailleurs. Moi non plus. C'était comme ça avec mes copains. On rigolait bien ensemble, mais nous n'étions pas vraiment proches les uns des autres. J'avais choisi d'avoir des amis assez superficiels qui ne s'intéressaient qu'aux fringues et à la musique rock. Je pense que je craignais de m'investir. Depuis le divorce de mes parents, il m'était impossible de m'attacher à quelqu'un, ne fût-ce que d'une façon amicale. J'avais trop souffert, je ne pouvais plus faire confiance aux gens.

Le mariage se déroula bien. Ma mère avait tout organisé avec son efficacité habituelle. Elle était divine dans sa robe dont la couleur douce rehaussait l'éclat de son teint. Dennis semblait gêné par son habit, il lissait sans cesse la mèche qui masquait sa calvitie. Tous leurs amis étaient d'une élégance sans défaut. Les visages des femmes parfaitement maquillés semblaient des masques de porcelaine. Tous faisaient grand cas de ma petite personne, s'extasiant sur ma ressemblance avec maman. Toute cette attention atteignit son apogée lorsqu'une femme fort distinguée me demanda si j'étais mannequin. L'on m'apprit, quelques instants plus tard, qu'elle était rédactrice à *Vogue*.

J'étais donc d'excellente humeur à l'heure de partir pour la Californie. J'avais devant moi cinq semaines de détente et de farniente. Je pourrais faire valoir l'élégance new-yorkaise, et j'avais la quasi-certitude que je commencerais une carrière de mannequin à mon retour grâce à la rédactrice de *Vogue*. *Alors que m'importe une petite fête de lycée ?* me disais-je tout en m'enfonçant confortablement dans le siège de l'avion, et en adoptant l'attitude blasée de ceux qui traversent les Etats-Unis quatre fois par semaine. *En janvier, je serai toute bronzée, et Greg sera là à m'attendre — enfin... Si j'ai encore envie de sortir avec lui...* Sur ces agréables pensées, je fermai les yeux et sombrai dans une douce rêverie où, tous les mois, une couverture de *Vogue* diffusait ma photo.

Je dois reconnaître que j'ai connu quelques instants de panique pendant l'atterrissage non pas à cause du pilote mais parce que j'étais soudain terrifiée de passer cinq semaines avec mon père. Les dernières années avant le divorce avaient été gâchées par de constantes querelles entre mes parents. Qu'allait-il se passer pendant ces cinq semaines ? Je tentais de me rassurer en me disant que mon père était un homme facile à vivre et qu'il serait heureux de me revoir après deux longues années de séparation.

Il était là, derrière la barrière. Dès qu'il me vit, son visage s'illumina.

« Tiffany ! » cria-t-il en se précipitant vers moi. Il me serra très fort dans ses bras, puis il fit un pas en arrière et me contempla attentivement.

« Tu es superbe ! Comme tu as grandi !

— C'était à prévoir ! Si je n'avais pas grandi en deux ans, je serais minuscule ! »

Il éclata d'un rire joyeux, et je me souvins alors à quel point j'aimais son grand rire chaleureux. Il semblait en pleine forme, il était très beau et habillé avec une extrême décontraction. Je tenais de lui mes cheveux blond vénitien, et mes yeux d'un bleu très clair, ce qui paradoxalement accentuait ma ressemblance avec ma mère. Je suppose que mon style était plus proche de l'élégance distinguée de maman que de la décontraction sportive de papa.

« Comment s'est passé ce mariage ?

— A la perfection, tout était parfait, beaucoup de gens très beaux qui discutaient avec calme d'un tas de belles choses.

— J'en déduis que ta mère était ravie, elle aime que tout se déroule de cette façon. »

Papa m'aida à récupérer mes bagages qu'il rangea à grand-peine dans le coffre de la voiture.

« Tiffany, le moins que l'on puisse dire, c'est que tu ne voyages pas sans rien ! Qu'as-tu mis dans tes valises, du plomb ou des livres ?

— Seulement quelques vêtements.

— J'espère que tu as pris des tenues adaptées au camping. Ne te fais pas d'illusions, le tournage a lieu dans le désert d'Australie. A propos, nos plans sont changés, nous partons dans deux jours. »

Il mit en route le moteur de la voiture, et nous partîmes. J'étais stupéfaite. Seulement deux jours avant le départ pour l'Australie ! Mais alors, je ne pourrais pas profiter de Beverly Hills ! C'était catastrophique.

« Je voulais aller à la plage, et me faire dorer au soleil avant de partir. »

Papa soupira mais ne répondit rien. Le reste du trajet se déroula dans un silence pesant.

A peine avais-je posé le pied dans l'appartement que je m'écriai :

« Papa ! C'est monstrueux ! »

Mon père mal à l'aise essaya de plaisanter :

« C'est un peu en désordre mais, rassure-toi, on emporte la plupart de ces choses-là en Australie. »

Pour ma part, j'estimais qu'« un peu en désordre » était un énorme euphémisme. Mon père et mon frère vivaient dans un élégant appartement situé dans une somptueuse résidence dont l'immense piscine ovale était entourée de palmiers. L'entrée de l'immeuble en marbre blanc était décorée de plantes exotiques, et, jamais, je n'aurais pensé trouver un appartement aussi négligé. Le salon était très grand et s'ouvrait sur une terrasse. Malheureusement, chaque centimètre du sol était couvert d'un amoncellement de cartons, de sacs, de tasses de café à moitié vides, de bouteilles de Coca-Cola. Il y avait, même, çà et là, quelques chaussures dépareillées. Je me doutais bien que deux hommes comme papa et Adam n'avaient pas un intérieur aussi confortable et aussi rangé que celui de maman, mais je n'imaginais pas que le

désordre pût atteindre de semblables propor-
tions !

« Papa ! C'est affreux, m'écriai-je sans réfléchir. Comment peux-tu vivre dans tout ce
bazar ? »

Je me mis à ramasser frénétiquement verres,
tasses et bouteilles qui traînaient. Arrivée dans
la cuisine, je me rendis compte que c'était inutile. Elle était aussi encombrée que le reste de
l'appartement, et l'évier croulait sous une pile
d'assiettes sales.

« Laisse tout ça, veux-tu, me dit mon père
d'une voix coupante. D'ordinaire, l'appartement n'est pas dans cet état, mais nous avons
organisé une petite fête d'adieu hier soir, et ce
matin, nous avons déballé toutes les affaires
pour partir. Nous n'avons pas eu le temps de
ranger. Viens par là, je vais te montrer ta chambre, tu pourras défaire tes valises. »

Nous traversâmes le salon en prenant garde
de ne pas marcher sur les nombreux objets qui
jonchaient le sol. Dès que je franchis le seuil de
la chambre, un monstre blanc et poilu sauta du
lit et se rua sur moi. Sans demander mon reste,
je battis en retraite. Fort heureusement, mon
père m'attrapa par le bras, sans cela j'aurais pu
passer la frontière mexicaine sans m'arrêter.

« Hé Tiffany, ralentis un peu ! C'est mon
chien Bigfoot ! Il est très gentil, il ne te fera pas
de mal, il est seulement très démonstratif. »

Je crus un instant que mon père se moquait

de moi, et qu'un monstre préhistorique venait de m'attaquer. Je m'efforçai de reprendre mes esprits, et de regarder calmement la bête. C'était bien vrai. Le monstre n'était qu'un gigantesque chien blanc qui me contemplait d'un œil paisible. Il s'approcha de moi pour me lécher la main.

« Gentil le chien, gentil, parvins-je à articuler tout en le caressant d'une main tremblante.

— Continue à le caresser ! Il ne te fera pas de mal, c'est le plus gentil chien du monde.

— Il est *énorme*. Tu es certain qu'il a mangé ce matin, il me regarde comme si j'étais un bon rôti.

— Tiffany, cesse de dire des âneries ! Je crois me souvenir que tu aimais les chiens quand tu étais petite.

— Peut-être, mais ça fait des années que je ne joue plus avec des chiens. Le seul que je voie parfois, c'est le caniche de la voisine et il s'accroche toujours à mes chevilles. Si celui-ci s'avisait de faire la même chose, il m'arracherait la jambe. »

Mon père caressa avec vigueur le dos de Bigfoot qui, de joie, frappa bruyamment le sol de son immense queue. En fin de compte, j'étais ravie de partir dans deux jours, je ne me voyais pas affronter ce fauve pendant une semaine.

Soudain, Bigfoot fila comme une flèche. Adam venait d'entrer.

« Salut, vieille crapule ! dit ce dernier, enseveli sous une tonne de fourrure blanche. Papa, Tiffany est arrivée ?

— Elle est là dans le couloir. »

Adam accourut.

« Salut, Tiffany ! »

Il s'arrêta net, hésitant à me prendre dans ses bras.

« Tu as grandi, petite sœur. On te croirait sortie tout droit d'un magazine de mode !

— Merci, toi aussi, tu as grandi. »

Et c'était vrai. Les paroles de Becky me revenaient en mémoire : s'il était mignon — et il l'était — je devais le lui expédier par colis recommandé ! Adam était aussi grand que papa, plus d'un mètre quatre-vingts, et l'on voyait ses muscles jouer sous le vieux tee-shirt marqué U.C.L.A. qu'il portait. Plus trace de bouton sur ses joues. Ses cheveux avaient blondi sous le soleil californien. *Dommage que ce soit mon frère*, pensai-je, *j'espère qu'il a des copains aussi mignons que lui.*

« Tout va bien à New York ? me demandat-il poliment.

— En ce moment, il y fait plutôt froid, tu sais.

— Et ton lycée, il est bien ?

— Comme tous les lycées, pas très marrant.

— Comment va maman ? »

Je perçus une gêne dans sa voix.

« La dernière fois que je l'ai vue, elle portait une superbe robe d'un grand couturier, souriait bêtement à ses invités et partait en croisière vers le soleil au bras de son nouveau mari ! »

Papa fronça les sourcils, et Adam toussota avec embarras.

« Adam, va chercher les valises de Tiffany et porte-les dans sa chambre. Aide-la aussi à les défaire », dit Papa d'une voix ferme et se tournant vers moi, il ajouta :

« Tiffany, je crains fort que tu aies tout à refaire, ma chérie, j'ai l'impression que beaucoup de vêtements que tu as emportés te seront inutiles en Australie. Tu t'achèteras des shorts et des tenues de brousse, tu n'as rien de semblable certainement. »

Adam s'exclama en riant :

« Viens voir, papa ! Les affaires de Tiffany prennent plus de place que toutes les nôtres réunies y compris les caméras ! Mais petite sœur, pourquoi as-tu apporté tout ça ?

— Juste quelques fringues, il n'y a pas de quoi en faire tout un plat. Je ne savais pas comment je devrais m'habiller, alors j'ai prévu large.

— Prévu large ! C'est peu dire ! dit Adam. Tu pourrais ouvrir deux magasins avec tout ce qu'il y a là-dedans. »

Il posa mon manteau sur un fauteuil. Je ne pus retenir un cri :

« Pas là. Ce sale chien a dû s'y mettre et y laisser plein de poils, je n'arriverai jamais à les enlever. »

Adam me regarda, ahuri, et me tendit le manteau que je m'empressai de mettre à l'abri dans l'armoire.

« Adam, je pense que nous ferions bien d'aller dîner au restaurant mexicain, dit mon père. Tiffany n'appréciera guère notre cuisine, je pense.

— Si vous voulez, je peux tout nettoyer et préparer le repas. Ne vous dérangez pas pour moi.

— Ne t'inquiète pas, Tiffany. Papa et moi dînons assez souvent au restaurant, nous sommes trop flemmards pour faire la cuisine. »

Ils échangèrent un regard complice, et je ne pus réprimer un élan de jalousie. Mon frère connaissait si bien papa. Moi, j'avais le sentiment d'être loin, très loin de lui. Mon père me prit par le bras, et nous sortîmes. Dans la rue, il faisait chaud, et c'était réconfortant après le froid pénétrant de New York.

« Dis-moi, Tiffany, il me semble que tu as bien changé. Avant, tu n'avais peur de rien, tu fonçais dans la vie. Maintenant, tu donnes l'impression d'être devenue une copie parfaite de ta mère, me dit mon père d'un ton préoccupé.

— Tu te trompes, répondis-je furieuse. Je n'apprécie pas du tout sa façon d'être pas plus que celle de ses amies, tout ce qui les intéresse, c'est de savoir qu'elles sont belles et que les gens les remarquent. Seule l'apparence leur importe.

— Je suis désolé, je pense que j'ai émis un jugement un peu hâtif. Mais à peine arrivée, tu

36

voulais tout ranger, tu étais terrorisée par le chien et tu n'as apporté que des tenues élégantes importables en Australie.

— Tu comptes me renvoyer à New York ? demandai-je d'une voix étranglée.

— Pas question. » Il m'embrassa. « Je crois que New York a fait déjà assez de mal à la Tiffany que je connaissais. Plus tôt nous serons en Australie et mieux ce sera. Tu pourras voir comment je vis, ce que je pense et... J'ai cinq semaines pour te convaincre que j'ai raison », ajouta-t-il en me serrant dans ses bras.

3

*D*ans l'avion qui nous menait à Sydney, j'eus le temps pendant les quinze heures que dura le vol de réfléchir à ce qui m'attendait en Australie. Papa s'était montré très vague. Tout ce que j'avais pu tirer de lui c'était que nous allions traverser le pays et qu'il allait filmer les animaux et les paysages du désert. Nous devions emprunter la même route que la première expédition qui avait tenté de traverser le continent en passant par le Nord. Adam avait dit en riant que tous les membres de cette expédition n'étaient pas revenus vivants. Mon père voulait aussi filmer un vieil homme qui chassait les crocodiles depuis son enfance. Nous passerions donc le plus clair de notre temps dans l'Outback, région isolée, située au cœur de l'Australie. Je n'avais pas connu de projet aussi joyeux depuis que mes parents avaient organisé une expédition pour me conduire chez le dentiste qui devait m'arracher une dent.

Derrière les hublots, des nuages cotonneux défilaient, et sur cette toile de fond, je tentais de concrétiser mes images de l'Australie. La seule chose qui me venait à l'esprit, c'étaient les kangourous. J'ignorais tout du paysage. Comment imaginer l'endroit où sautillaient les kangourous ? Soudain, je me souvins que « Men at Work » était un groupe de hard rock australien. Du coup, je me représentai des kangourous et « Men at Work » faisant des bonds désordonnés dans un grand espace vide. Charmant ! L'Australie n'évoquait pour moi rien d'autre qu'un grand espace vide. De ce que j'avais pu apercevoir des préparatifs : nourriture déshydratée, produits anti-moustiques, vêtements de brousse et cartes par milliers, il ressortait que ce voyage allait se transformer en une épreuve de survie dans un gigantesque espace vide et hostile.

Je fus donc très soulagée en atterrissant à Sydney de voir des gratte-ciel et des maisons élégantes disposées harmonieusement autour d'un port aux eaux d'un bleu limpide.

Dès que nous eûmes déposé nos bagages à l'hôtel, je convainquis Adam de m'emmener faire une promenade en ville pendant que papa mettait la dernière main aux préparatifs.

« Ce n'est pas si mal ! Je pourrais peut-être survivre dans le coin, dis-je à Adam alors que deux filles superbes vêtues de mini-jupe nous dépassaient.

— C'était vraiment super, dit l'une.

— Ah oui ? » demanda l'autre. Elles avaient toutes deux un accent fort curieux que je n'avais encore jamais entendu.

Adam ne put s'empêcher de les suivre du regard.

« Oui ! Vraiment super, je crois que, moi aussi, je pourrais survivre ici », dit Adam en laissant échapper un petit soupir.

Nous allâmes déjeuner dans un petit restaurant de King's Cross, l'endroit à la mode de Sydney. Tout autour de nous, de ravissantes boutiques de vêtements et de magasins de disques. Les promeneurs étaient aussi bien habillés qu'à New York. D'ailleurs, nous n'étions pour le moment nullement dépaysés. Nos chambres à l'hôtel Hilton et les « MacDonald » ne nous changeaient pas des Etats-Unis. La seule différence entre Sydney et New York était qu'ici les hommes mettaient des shorts pour aller au bureau ! C'étaient des sortes de bermudas, et les Australiens les portaient avec chemise et cravate. De surcroît, les gens semblaient détendus, ce qui n'était guère le cas à New York, même l'été. Oh ! En parlant d'été, ni papa ni Adam n'avaient pensé à m'avertir que l'Australie étant aux antipodes, les saisons étaient inversées. A ma descente d'avion, j'étais restée pétrifiée non pas par la chaleur pourtant intense, mais parce que je n'avais apporté aucun vêtement léger.

Je m'étais alors tournée vers mon père, furieuse :

« Papa ! Tu aurais pu me prévenir ! Je n'ai rien à me mettre ! »

Mon père, pour qui ce genre de problème n'existait pas, m'avait regardée, étonné.

« Je pensais que tout le monde savait que lorsque c'était l'hiver sur une partie du globe, c'était l'été sur l'autre. Tu t'achèteras un short ou deux ! »

Comment pouvait-il croire qu'une fille comme moi pût survivre quatre semaines avec « un short ou deux » ? De plus, et je le constatais maintenant, les femmes ne portaient pas de short à Sydney.

« Demain, il faudra vraiment que j'aille m'équiper », dis-je à Adam qui mangeait un gâteau entouré de tellement de crème chantilly que j'ai pris un kilo rien qu'en le regardant.

Adam me considéra d'un air sidéré. Lui et papa avaient la même expression étonnée à chaque fois que j'ouvrais la bouche, à croire que je ne parlais pas la même langue qu'eux.

« Demain ? répéta Adam. Tu veux faire tes courses demain ?

— Oui, pourquoi ? C'est jour férié ou quoi ? »

Mon cher frère daigna enfin sourire.

« Ecoute, Tiffany, tu ferais bien de faire tes achats aujourd'hui, parce que demain nous partons en expédition. »

« Expédition », il avait bien dit « expédition ». Je n'aimais pas du tout mais alors pas du tout ce mot qui pour moi était synonyme de caravanes dans le désert, ou d'explorateurs se frayant un chemin dans la jungle. En fait, j'aurais dû me méfier plus tôt. Ces paquets de nourriture déshydratée ne signifiaient rien de bon.

« Nous... Nous partons de-demain ? »

J'en bégayais.

Adam hocha la tête.

« Et combien de temps va durer cette expédition ?

— Environ cinq semaines, répondit Adam le plus naturellement du monde, si tout va bien. »

Ce « si tout va bien » me déplut souverainement, mais j'étais bien trop lâche pour oser lui demander ce qui pourrait mal se passer.

« Je crois que je vais rester à Sydney jusqu'à votre retour, je serai très bien au Hilton.

— Ça m'étonnerait beaucoup que papa t'ait amenée jusqu'ici pour te faire passer cinq semaines dans une chambre d'hôtel ! De plus, il veut absolument que tu saches de quelle façon nous vivons, il craint que tu ne deviennes aussi superficielle que maman.

— Et alors ? » J'étais folle de rage. « Ma mère est aussi *ta* mère. Ne l'oublie pas, et cesse de toujours la critiquer.

— Oh ! je t'en prie, Tiffany. Tu sais bien que c'est la vérité, elle fait toujours des tas d'histoires pour rien, et ne se soucie jamais de ce qui est important. Papa veut que tu saches qu'il existe un autre mode de vie, une autre façon de voir les problèmes. Quant à toi, pour le moment, tu es bien mal partie ! Tu te souviens du scandale que tu as fait, parce que tu t'étais cassé un ongle ? Papa a raison, il faut que tu apprennes à vivre.

— Mais je vis très bien !

— Dommage ! Car j'ai comme l'intuition que tu vas vraiment apprendre à vivre, que tu le veuilles ou non. »

Sur ces mots, il se leva, régla l'addition m'obligeant à le suivre verte de rage. Quand je pense que j'avais envie de les voir, papa et lui ! Il n'y avait pas plus têtus qu'eux ! Qu'est-ce qui leur permettait de croire qu'ils avaient raison et que leur façon de vivre était la meilleure ? Qu'ils n'eussent pas envie de vivre comme maman, c'était leur droit le plus strict, mais rien ne les autorisait à forcer les autres à partager leur point de vue.

« Je ne veux pas tuer de pauvres bêtes, je n'ai pas envie d'escalader des montagnes, et il se trouve que je préfère vivre dans une maison propre plutôt que dans un débarras ! »

Je criais, mais pour toute réponse Adam me jeta un coup d'œil ironique qui eut pour effet d'accroître ma colère.

Papa nous attendait dans le hall de l'hôtel. Il avait les bras chargés de cartes et de guides, et semblait très satisfait.

« Tout est arrangé, je viens de parler avec Mick Dawson, c'est notre commanditaire, un riche Australien qui a fait fortune dans la laine et qui a décidé d'investir beaucoup d'argent dans la sauvegarde de la nature. Il finance l'expédition. Les véhicules sont prêts, nous pouvons partir demain matin très tôt.

— Et nous voyageons à dos de chameau ? demandai-je amèrement.

— Je crois que Tiffany n'a pas très envie de partir avec nous, papa, elle veut rester à l'hôtel.

— Désolé, ma petite fille, mais tu viens avec nous. Après ce voyage, tu auras beaucoup changé et tu en as sacrément besoin, dit mon père d'un ton sans réplique. Dis-moi Adam, lui as-tu trouvé des chaussures de montagne ?

— Des chaussures de montagne ? hurlai-je si fort que tout le monde se retourna sur nous. Mais il fait bien trop chaud, et je ne veux pas faire de l'escalade.

— Nous n'allons pas en montagne, mais tu auras besoin de chaussures spéciales pour marcher dans le Bush.

— J'ai des baskets qui feront très bien l'affaire, je veux faire bronzer mes jambes.

— Comme il te plaira... J'espère seulement que les serpents se montreront compréhensifs, tu n'auras qu'à dire à Adam de marcher devant toi et de les prévenir "Petits serpents, soyez gentils, ne la piquez pas, elle veut avoir de jolies jambes bien bronzées !" »

Un regard de mon père suffit à me prouver qu'il ne plaisantait pas. Je n'avais qu'à céder, et je partis acheter une paire de chaussures avec Adam.

« Si le serpent est dans l'arbre, ces chaussures sont totalement inefficaces... » Même le marchand s'en mêlait et se moquait de moi. J'avais le sentiment de vivre un cauchemar dont je ne pouvais sortir. Comment était-il possible d'imaginer que quelques jours auparavant j'étais encore dans une élégante banlieue de New York, que je vivais dans une jolie maison et que j'allais au lycée où j'avais mes amis ?

Oh Greg ! pensai-je dans les rues de Sydney, mes chaussures sous le bras. *M'as-tu déjà oubliée ? Et les autres ? Becky et Elizabeth se demandent-elles ce que je fais ou bien ai-je déjà disparu de leur univers ?*

Et ma mère allongée sur un confortable transat, un cocktail à la main, pense-t-elle à sa fille qu'elle a lâchement abandonnée ? Je suis certaine qu'elle ne m'aurait pas laissée rejoindre mon père si elle avait su qu'il m'entraînerait dans une expédition diabolique.

Mon père m'avait donné assez d'argent pour acheter de nombreux vêtements, mais je n'avais pas le cœur à ça. A New York, c'était l'un de mes passe-temps favoris. Même lorsque je n'avais pas d'argent, je passais mes week-ends dans les magasins à la recherche de ce que j'achèterais lorsque j'en aurais. Mais que mettre avec ces horribles chaussures marron ? La mort dans l'âme, je me décidai pour des shorts kaki dans un surplus de l'armée.

« J'espère que tu es satisfait, papa ! » m'écriai-je en rentrant à l'hôtel.

En riant, il entoura mes épaules d'un bras protecteur.

« C'est toi qui seras contente lorsqu'il fera quarante degrés à l'ombre. Tu as bien choisi tes shorts, tu vas ressembler à un vrai membre de l'expédition et non à une touriste. Tu devrais les porter, ce soir, pour le dîner. »

Ce fut un merveilleux dîner. Papa avait réservé une table dans un restaurant du port, et des fenêtres l'on voyait le soleil décliner lentement derrière les immeubles et transformer l'eau bleue en une étendue argent et or rose.

Plus tard, dans ma chambre, je regardai par la fenêtre du vingt-neuvième étage. Je voyais les lumières de la ville scintiller doucement au loin. Les bruits qui m'étaient familiers me parvenaient atténués mais très présents. Les klaxons, les crissements de pneus malmenés, les sirènes faisaient partie de mon univers et me mettaient en confiance. Je n'avais pas la moindre envie de les quitter pour l'inconnu, le vide et les serpents.

4

Les deux autres membres de l'expédition arrivèrent tôt le lendemain matin, bien avant mon réveil. A mon grand désespoir et à son grand amusement, Adam m'avait affirmé dans l'avion qui nous menait à Sydney que le film était un documentaire sans acteur mignon, sans maquillage, sans rien. Rien que nous et les décors naturels de l'Australie.

Dès que je fus prête, je rejoignis papa et Adam qui se tenaient derrière l'hôtel, environnés d'un monceau de coffres et de valises. Un curieux petit homme très maigre chargeait méthodiquement les deux Land-Rover. Son visage surmonté d'un chapeau informe avait la couleur du cuir tanné, et était aussi ridé qu'un pruneau. Il me regarda de la tête aux pieds, et sans même me saluer aboya :

« Hey ! Mademoiselle, avez-vous vu mon "cobber" ? »

Mon regard se posa sur ce qui m'entourait. Je n'avais pas la moindre idée de ce que pouvait être un « cobber ». Etait-ce un animal, un outil ?

« Votre quoi ?

— Mon "cobber", mon copain si vous préférez. Le type qui m'accompagne. »

Le bonhomme me considéra un instant avant de se tourner vers mon père :

« Un peu simplette, non ? A moins qu'elle ne comprenne pas l'anglais.

— Je comprends très bien l'anglais à condition qu'il soit parlé correctement », répliquai-je d'un ton sec.

Le vieil homme éclata de rire. A ma grande horreur, je vis qu'il lui manquait la moitié des dents.

« Mademoiselle arrive de l'autre bout du monde à ce que je vois, elle ne comprend rien à ce que je raconte, pourtant il faudra bien qu'elle apprenne à comprendre les gens d'ici. »

Visiblement, il me prenait pour une demeurée.

« Tiffany, je te présente Sam, intervint mon père avant que je ne fasse une réponse cinglante. C'est notre guide, notre homme à tout faire et notre cuisinier. »

De mieux en mieux... Au moins je ne risque pas de grossir. Je préfère me laisser mourir de faim plutôt que de goûter à l'une de ses préparations, ajoutai-je en moi-même.

« Sam, c'est ma fille Tiffany, elle part avec nous. C'est son premier voyage en Australie.

— Je m'en doutais, dit Sam en me faisant un large sourire édenté, elle vous ressemble. Ravi de vous connaître, mon p'tit.

— Ne reste pas plantée là sans rien faire, dit mon père d'un ton brusque, descends vite tes affaires, je veux que nous partions le plus tôt possible. »

La ville s'animait maintenant. Beaucoup de gens allaient et venaient avec des mines très affairées et aucun ne manquait de regarder avec étonnement ces piles d'objets hétéroclites amassées sur le trottoir. Quel contraste saisissant avec le luxe du Hilton ! Je me précipitai dans ma chambre, ravie d'échapper aux regards des curieux.

Ce n'était pas une mince affaire que de fourrer tous mes vêtements dans ce grand sac de toile car outre mes vêtements, il me fallait à tout prix mon matériel de survie : maquillage, brosses, peignes et cinq barres de chocolat. Il y en avait de l'excellent en Australie, et je n'allais pas partir à l'aventure sans emporter quelque douceur d'autant que ce serait cet ignoble Sam qui ferait la cuisine. Mais pourrais-je réellement tenir cinq semaines en ne me nourrissant que de deux bouchées de chocolat par jour.

Après que tout fut casé dans le sac, je me rendis compte que j'avais perdu l'habitude de porter mes affaires. Lorsque je voyageais avec ma mère, elle jouait les faibles femmes, et obtenait presque toujours d'un compagnon de voyage qu'il portât nos affaires, sinon elle avait recours aux porteurs. En vain, j'attendis que papa ou Adam viennent à mon secours. En désespoir de cause, je soulevai l'énorme sac, et parvins en titubant sous son poids jusqu'aux Land-Rover. Il pesait une tonne !

« Ah le voilà enfin, voilà mon cobber ! hurla Sam. Où étais-tu passé ? Tu te reposais ou quoi ?

— Sûrement pas, de toute façon avec un esclavagiste comme toi, c'est impossible ! »

Je me retournai. Un grand garçon, blond, arrivait en souriant avec un sac sur l'épaule. Il était très beau.

Mon père releva la tête, et fit un large sourire au nouvel arrivant.

« Très juste, et si tu ne travailles pas assez, je te renvoie chez toi en moins de temps qu'il faut pour le dire.

— Non, pas ça, pitié ! » répliqua le garçon en riant.

Il plaça son sac dans l'une des Land-Rover. J'en déduisis qu'en plus de ce cuisinier édenté, nous avions aussi un porteur. Quelle expédition !

Le garçon accoudé au capot de la voiture me considérait avec un intérêt certain. A mon grand regret, je vis qu'il avait des yeux bleus magnifiques et que les commissures de ses lèvres s'étiraient en un charmant sourire. Avant de craquer et de lui dédier en retour *mon* plus charmant sourire, je me rappelai que je m'étais juré de ne pas profiter du moindre instant de cette expédition. Après tout, ce n'était qu'un vulgaire porteur.

« Vous pouvez prendre ceci », dis-je en désignant mon sac.

Il me toisa comme si j'étais une extra-terrestre.

Encore un demeuré qui ne comprend pas l'anglais, me dis-je en souriant.

« Pardon ? » me demanda-t-il. Effectivement, il était idiot.

« J'ai dit que vous pouviez ranger mon sac, dis-je en articulant, mais faites attention, il contient des objets fragiles. »

Il essaya d'effacer le sourire ironique que sa bouche avait dessiné.

« A vos ordres, madame, dit-il en prenant le sac.

— Tiffany ! interrompit mon père. Ce jeune homme est...

— Bruce, mademoiselle, pour vous servir,

j'aide votre père pendant cette expédition. Enchanté de faire votre connaissance.

— Moi de même, Bruce », lui répondis-je poliment.

Si seulement, ses yeux n'étaient pas si bleus et son sourire si séduisant...

« Bon, je crois que tout est prêt. Nous pouvons partir, dit mon père en s'installant au volant de l'un des véhicules. Nous avons une longue route devant nous, et je veux que nous installions le campement avant la nuit. »

C'était curieux d'entendre ces mots au cœur d'une grande ville pendant que des hommes et des femmes munis de leur attaché-case se pressaient pour se rendre à leur travail. Je ne parvenais pas à imaginer un campement alors que l'affiche lumineuse d'un « MacDonald » clignotait sans relâche à quelques mètres de moi. J'avais presque l'impression que papa tournait un film là, en plein Sydney.

« Grimpe vite, Tiffany, m'appela mon père, cette fois nous partons. Monte avec Adam et Bruce, je reste avec Sam. »

Adam s'assit sur le siège arrière à côté des caméras, et moi sur le siège avant avec Bruce. Ce dernier paraissait beaucoup s'amuser. Etait-il vraiment normal ? Il mit le moteur en marche et les Land-Rover se fondirent dans la circulation. Bientôt, malgré quelques embouteillages, nous quittâmes la ville.

Le vent fouettait mon visage, et c'était une

sensation très agréable. Bruce eut la bonne idée de mettre en marche la radio, et la musique rock nous dispensa de faire la conversation. Parfois, nous dépassions des maisons d'un étage aux toits rouges et brillants devant lesquelles s'étendaient de petites pelouses soigneusement entretenues. Puis, les maisons disparurent pour laisser place à des fermes ombragées par des eucalyptus. Le paysage était très semblable à celui de Californie, ce qui me rassurait. S'il ne se modifiait pas, je pourrais peut-être survivre. De temps en temps, nous traversions de petites villes, toutes pourvues d'un supermarché, je ne me faisais plus de soucis quant à mes provisions de barres de chocolat. Je pourrais me réapprovisionner sans aucun problème.

« Notre premier campement sera dans les "Blue Moutains" », me dit Bruce.

Nous étions trop loin de Sydney pour pouvoir capter la radio, et il nous fallait parler.

« C'est encore loin ? demandai-je.

— Dans une demi-heure, nous approcherons des contreforts. Je pense qu'on va s'arrêter quelques instants, et puis nous repartirons. Votre père veut passer la nuit dans un autre endroit.

— Dans une demi-heure, les montagnes seront en vue ? » J'étais très étonnée. « Alors, elles ne doivent pas être très hautes ; en Californie, on voit les montagnes à des kilomètres lorsqu'on est en plaine. »

Je regardai dans toutes les directions. Depuis

que nous avions quitté Sydney la route grimpait doucement, mais le paysage n'était pas du tout vallonné.

« Elles vous apparaissent à l'improviste, me dit Bruce le plus sérieusement du monde.

— Vous voulez dire qu'elles sont gonflables ? Le processus est déclenché à l'approche des touristes ? »

Bruce me jeta un regard en coin, mais ne répondit pas. Adam ne pouvait pas entendre ce qui se disait à l'avant.

Nous traversâmes une jolie petite ville dont la rue principale était bordée d'eucalyptus poussiéreux que Bruce appelait des gums. Au bout de la rue, il y avait un parking et Bruce y gara le véhicule.

« Nous faisons une petite pause, O.K. ? »

D'après ce que j'avais compris, nous entreprenions le genre d'expédition qui conduit aux confins de la terre, sans avoir fait une seule pause. Or cette petite ville était bien trop civilisée pour nous.

Bruce arborait un sourire bizarre.

« Je me suis arrêté pour vous montrer les montagnes. Vous voulez les voir ? »

D'accord ! Encore une de ces stupides plaisanteries australiennes, soupirai-je. Je descendis de la Land-Rover. Mes jambes étaient ankylosées, et j'étais contente de pouvoir me les dégourdir un peu. L'air était agréable, un peu frais et surtout très clair comme en montagne. Pourtant, je ne voyais aucune trace de ces célèbres « Blue Mountains ».

« Alors où sont-elles ? demandai-je à Bruce avec impatience.

— Là-devant, mais faites attention ! »

J'avançai jusqu'au bord du parking d'un pas tranquille lorsque soudain Bruce m'aggripa l'épaule d'une main de fer.

« Je vous avais dit de faire attention. »

Je regardai alors devant moi, et tout se mit à tourner. Je fis un pas en arrière, médusée.

Le parking était situé au sommet d'une immense falaise rocheuse. A mes pieds, s'étendait une large vallée aux versants escarpés. Au loin, les collines apparaissaient enveloppées du manteau bleu des arbres. Un silence absolu montait. On se serait cru sur une planète non habitée.

« J'ai oublié de vous dire qu'en Australie les montagnes descendent, elles ne montent pas, aussi étrange que cela puisse paraître. »

En entendant le son de la voix de Bruce, je me rendis compte qu'il me tenait toujours et que son visage était tout près du mien. Il avait toujours cette lueur amusée dans les yeux. Je devins rouge comme une pivoine ce qui eut pour effet d'accroître son ironie. De quel droit était-il si sûr de lui ? Peut-être se croyait-il irrésistible et imaginait-il que toutes les filles se pâmaient à sa vue. *Eh bien ! avec moi, ça ne marcherait pas !*

« Je pense que vous oubliez qui vous êtes

Bruce. Mon père vous a engagé, mais il peut tout aussi bien vous congédier, s'il veut. »

Je me dégageai et m'éloignai avec dignité. J'avais espéré que ma remarque le blesserait, or il semblait plus amusé que jamais.

5

*L*orsque nous remontâ-
mes dans la Land-Rover, Bruce dit à Adam que
c'était à lui de conduire. Je me glissai subreptice-
ment à l'arrière avant qu'il pût émettre un quelconque commentaire. De cette façon, il ne me
voyait pas et je n'avais pas à participer à la
conversation. J'avais la très ferme intention de
faire comme s'il n'existait pas, et dès que j'en
aurais l'occasion je demanderais à mon père
qu'il intervienne pour que Bruce me laisse
tranquille.

Nous quittâmes la ville, et traversâmes une
forêt d'eucalyptus. Il n'y avait plus maintenant
de villages, pas même une ferme isolée. Nous
étions dans le Bush (1). De temps en temps,

(1) N.D.T. : Bush, partie centrale de l'Australie désertique.

Bruce se tournait vers moi pour me donner des précisions sur ce qui défilait devant nous. Il lui fallait hurler pour dominer le bruit du moteur. J'appris ainsi que les montagnes avaient constitué une barrière infranchissable pour les pionniers et que de nombreux explorateurs s'étaient perdus à jamais avant que l'on ne découvre que le seul moyen de les dépasser était de les escalader.

« Fascinant », marmonnai-je en leur faisant une grimace.

Nous quittâmes la route goudronnée, et nous empruntâmes une piste pleine de creux et de bosses. Adam ne jugea pas utile de ralentir. Si Bruce et lui bénéficiaient de la protection du pare-brise, moi, j'avalais toute la poussière. Je toussais tant que je faillis m'étrangler.

« Ça ne va pas derrière ? » me demanda Bruce, son éternel sourire ironique aux lèvres.

J'allais lui faire une remarque sarcastique sur le mode « J'adore suffoquer et avoir le dos en compote, je suis donc pleinement satisfaite », mais je me rappelai mon engagement de ne plus m'intéresser à lui, et je répondis d'un ton sec :

« Si, très bien, merci.

— Vous pouvez venir à l'avant, il y a de la place.

— Plutôt mourir ! » répondis-je à ma seule intention.

Le Bush s'étendait devant nous, monotone, et

la Land-Rover laissait dans son sillage un long ruban de poussière jaune. Au moment où je me demandais si mon dos pourrait supporter une autre secousse, Adam se tourna vers moi :

« Regarde ! Ils sont arrivés ! »

Une colonne de fumée s'élevait au milieu des arbres et le soleil se réfléchissait sur du métal.

« Nous avons eu de la chance d'avoir l'autorisation de camper ici, dit Bruce. On est en pleine saison des feux et il fait très sec. Les feux de camps sont interdits mais on peut faire des barbecues s'ils sont entourés de briques ; ce qui ne change pas grand-chose, car lorsque les gums sont suffisamment desséchés, ils explosent d'eux-mêmes. »

Je regardai autour de moi avec nervosité me demandant quel arbre allait choisir d'exploser.

« Ne vous inquiétez pas, me dit Bruce en voyant mon visage. Ce n'est pas un temps propice aux explosions, il n'y a pas de vent du sud.

— Voilà qui est rassurant ! »

Adam se gara derrière l'autre véhicule.

Mon père avait déjà sorti une caméra et filmait Sam qui faisait cuire des steaks sur un barbecue de fortune. Il nous fit un signe de bienvenue et continua de filmer.

« Viens, Tiffany, aide-moi à sortir les affaires qui sont dans la Land-Rover, me cria Adam.

— Et où penses-tu planter les tentes ? »

Bruce et mon frère éclatèrent de rire.

« Ce n'est pas un campement de scouts, me dit Adam.

— Je ne vois pas ce qu'il y a de drôle à ça. Je croyais qu'en camping, on dressait des tentes.

— Les tentes ne servent qu'à protéger de la pluie, me dit Bruce un ton doctoral. Nous n'avons besoin que de sacs de couchage.

— Mais si des animaux nous attaquent ? » demandai-je affolée.

Les deux garçons éclatèrent de rire à nouveau.

« Tu veux parler des très sanguinaires opossums et des wombats (1) ?

— Je ne connais rien aux animaux d'ici. Je viens d'arriver dans ce pays où je n'avais pas envie d'aller et dont je connaissais à peine l'existence ! Et d'ailleurs, pourquoi m'avoir fait acheter ces maudites chaussures s'il n'y a aucun danger ? Et les serpents alors ? Je ne veux pas en trouver un dans mon sac de couchage au beau milieu de la nuit. S'il me pique, il sera encore bien temps de ricaner.

— Des serpents pourraient tout aussi bien se glisser dans la tente », remarqua Bruce.

Inutile de préciser que je dormis fort mal, cette nuit-là. J'étais tellement emmitouflée dans mon sac de couchage que c'est à peine si je pouvais respirer. J'avais l'impression que des milliers d'insectes me parcouraient le corps. La nuit

(1) N.D.T. : Wombat : de l'espèce des marsupiaux.

était emplie de bruits étranges, de cris, de murmures et même de craquements de brindilles comme si quelqu'un avait marché à côté de nous. Lorsqu'enfin, j'osai sortir la tête du sac, je ne vis rien. Les autres dormaient, et j'eus le sentiment désagréable que je gardai le camp — seule.

J'ai dû finir par m'assoupir vers deux heures du matin, car, lorsque je fus soudain réveillée par un maniaque qui riait d'une façon diabolique au-dessus de ma tête, il faisait jour et les délicats motifs de feuilles d'eucalyptus se dessinaient sur le ciel. Je regardai autour de moi, tout était paisible. Puis ce rire terrible retentit à nouveau accompagné, cette fois, d'un air de flûte.

Il doit y avoir une explication logique à tout cela me dis-je. *Ou je suis au beau milieu d'un cauchemar et je ne suis pas réveillée ou bien cet endroit est envahi par des fantômes ou bien encore il y a deux fous, l'un qui rit et l'autre qui l'accompagne à la flûte.*

A ce moment précis, quelqu'un bâilla bruyamment, et ces bruits étranges s'arrêtèrent comme par enchantement. Bruce se redressa et me regarda :

« Salut ! Bien dormi ? »

Je n'allais sûrement pas lui avouer toutes mes frayeurs.

« Pas mal jusqu'à ce que quelqu'un se mette à rire et qu'un autre joue de la flûte. Vous ne les avez pas entendus ? Je me demande bien qui ils sont ? »

Bruce éclata de rire. Il ne cessait de rire de ce que je disais. Pourtant, je ne voyais pas du tout ce qu'il pouvait y avoir de comique dans mes propos.

« Kookaburra et magpie.

— Quoi ? Vous pouvez traduire ?

— Les sons que vous avez entendus ne provenaient pas d'êtres humains, c'étaient des oiseaux. Celui qui rit est un kookaburra, et celui qui fait de la musique un magpie. »

Soudain, l'on entendit très distinctement la sonnerie d'un téléphone.

« Et ça aussi, c'est un oiseau ? »

Il hocha la tête.

« Bellbird (1).

— Je comprends. A quoi ressemblent-ils ?

— Il est très difficile de les voir. Ils sont minuscules et leurs plumes sont brunes, c'est comme un camouflage. Je vous montrerai un kookaburra si vous voulez, et les magpies reviendront sûrement attirés par la nourriture. Vous venez voir les kookaburras ? demanda-t-il en s'extirpant de son sac de couchage.

— Ne l'écoutez pas, mademoiselle, dit Sam qui venait à son tour de se réveiller. C'est ce que disent les garçons d'ici quand ils veulent entraîner une jolie fille dans le Bush.

(1) N.D.T. : Bellbird : littéralement oiseau-cloche.

64

— Sam, merci d'avoir dévoilé mon plan, dit Bruce en riant. Si tu allais nous préparer le petit déjeuner au lieu d'écouter les conversations des autres ?

— O.K., j'y vais mais je vous aurais prévenue, mademoiselle. »

Finalement papa et Adam se joignirent à nous pour aller voir les kookaburras. Ils avaient pris soin d'emporter une caméra et un équipement sonore. Bientôt, nous en aperçûmes deux, perchés sur la branche basse d'un gum. On aurait dit qu'ils sortaient tout droit d'un film de Walt Disney. Ils avaient de longues plumes ébouriffées et des yeux foncés très perçants. Ils n'étaient pas gênés par ces étrangers qui les observaient, au contraire, ils paraissaient ricaner comme s'ils se racontaient une bonne blague. Au moment où nous repartîmes, l'un des oiseaux émit un rire bruyant comme si la plaisanterie était particulièrement bonne.

« Ils n'ont pas peur de nous, dis-je à mon père.

— C'est la caractéristique des oiseaux australiens, dit Bruce avant que mon père ait pu répondre. La plupart d'entre eux sont très curieux et aiment s'approcher des gens. Il y a peu de visiteurs dans le Bush et ils ne sont pas malintentionnés, donc ils n'ont pas encore appris à se méfier. »

Lorsque nous revînmes au campement, je constatai que Bruce ne s'était pas trompé à propos des magpies. Il en était arrivé plusieurs, des oiseaux noirs et blancs de la taille des corbeaux qui sautillaient derrière Sam. De temps à autre, l'un d'eux ouvrait le bec et émettait un son de flûte. C'était comme dans un dessin animé où les animaux chantent et parlent.

« Vous allez bientôt vous taire ! » leur cria Sam et il leur jeta un morceau de viande sur lequel ils se précipitèrent. « Bon les enfants, vous pouvez aller chercher vos assiettes ! »

A ma grande horreur, Sam laissa tomber un énorme steak surmonté d'un œuf dans mon assiette. Je n'aime pas prendre un petit déjeuner trop copieux et, en général, je me contente d'un verre de jus d'orange et de quelques céréales.

« Sam ! Jamais je ne pourrai manger tout cela !

— Bien sûr que si, et vous avez bien besoin de vous remplumer un peu ! Vous aurez faim toute la journée si vous ne mangez rien maintenant. »

Je parvins à ingurgiter l'œuf et un morceau de viande mais je ne touchai pas au thé infâme qu'il avait préparé dans un vieux récipient.

« Voulez-vous bien boire ce thé, j'en bois tous les jours et je ne suis jamais malade ! Allez, ouste ! »

Après le petit déjeuner, il fallut tout ranger et une fois que les deux véhicules furent chargés, nous repartîmes. Mon père voulait que nous arrivions à un refuge de koalas avant la nuit. La matinée était superbe, et, malgré toutes mes résolutions, je l'appréciai. Le ciel était d'un bleu transparent comme un morceau de verre teinté et la piste orange s'étalait devant nous comme un ruban de satin. Soudain, je vis un arbre magnifique et gigantesque recouvert de grosses fleurs blanches.

« Comment s'appellent ces fleurs ? »

C'était si beau que j'avais oublié que je ne voulais plus parler à Bruce. En entendant ma voix, les fleurs s'envolèrent et atterrirent paresseusement sur un autre arbre.

« Ces jolies fleurs sont des cacatoès », répondit Bruce ravi de mon erreur.

Plus tard, nous rencontrâmes un groupe de perroquets roses qui se nourrissaient, et plus loin encore d'autres oiseaux plus petits et verts. Je ne pipai mot, c'étaient peut-être des fleurs qui avaient la forme de perroquets !

« Nous n'avons pas encore vu un seul kangourou, dis-je au bout d'un moment. Je croyais que l'Australie était peuplée de ces animaux et que nous allions en voir surgir sans cesse. »

A peine avais-je prononcé ces mots qu'Adam freina brutalement pour laisser passer trois formes brunes qui disparurent de notre vue en deux énormes bonds.

« Vous aviez demandé des kangourous... » Bruce dut s'interrompre car un autre animal apparut de l'autre côté de la piste faisant un bond immense pour rattraper les autres. Une petite chose brune gisait maintenant au beau milieu du chemin. En un instant, Bruce fut dehors et se précipita pour la ramasser.

« Que se passe-t-il ? cria Adam.

— Elle a laissé tomber son bébé. »

Adam sortit à son tour et je le suivis. Le bébé kangourou ne bougeait pas. Il mesurait environ trente centimètres et l'on ne voyait que ses pattes.

« Il est mort ? demandai-je.

— Je ne crois pas, dit Bruce en s'agenouillant. Ils sont très résistants. » Il prit délicatement la petite bête dans ses bras et à ce moment, elle remua.

« Tu crois que c'est bien de la toucher ? demanda Adam. Sa mère va la rejeter.

— Ne t'inquiète pas, elle ne reviendra même pas le chercher, elle ne sait plus où elle l'a perdu.

— Que va-t-il lui arriver ? » demandai-je avec inquiétude.

Le petit kangourou avait redressé la tête et regardait craintivement autour de lui.

« C'est rare qu'ils survivent. Les singes ou les oiseaux de proie les mangent.

— On ne va pas le laisser là.

— Bien sûr que non, on va l'emmener chez le gardien du refuge de koalas. Enfin, j'espère qu'il peut manger car il est très difficile de les nourrir au biberon. »

L'autre Land-Rover arriva à ce moment, et Bruce dut expliquer à mon père ce qui s'était passé. Pendant que nous discutions, le bébé s'agitait dans les bras de Bruce.

« J'espère qu'il ne va pas mourir de frayeur ou d'épuisement, dit papa.

— Il nous faudrait un sac comme le ventre de sa mère. Tiffany, allez vider votre sac ! Il est de la bonne taille, ordonna Bruce d'un ton sans réplique.

— Et mes affaires ?

— Je m'en fiche ! Par terre, où vous voulez. Il faut soulager cette petite bête.

— Mais il y a mon maquillage et mes vêtements là-dedans. Je ne peux pas mettre tout ça par terre. Trouvez autre chose.

— Ecoutez, Tiffany, il y va de la vie de ce kangourou et ce sac est parfait, faites ce que je vous dit. Voulez-vous que ce bébé meure ? »

Je le regardai avec colère. *De quel droit me donnait-il des ordres ?*

« Mais pour qui vous prenez-vous ? » J'avais pris mon ton le plus snob. « Depuis quand un porteur donne-t-il des ordres à la fille du patron ? »

Il y eut un moment pénible de silence glacial.

« Tiffany, je crois qu'il est temps que tu comprennes, dit mon père.

— Je vous en prie, monsieur Johns ! l'interrompit Bruce.

— Non, Bruce, il faut qu'elle sache.

— Il faut que je sache quoi au juste ? »

J'étais furieuse.

« Tiffany, je te présente Bruce Dawson, dit mon père lentement. Dawson, ça te dit quelque chose ? Dawson est le commanditaire de notre expédition et Bruce est son fils. Il a eu la très grande gentillesse de se joindre à nous parce qu'il connaît bien la faune australienne. »

Je devins écarlate. *Comment avais-je pu me comporter d'une façon aussi stupide ?*

6

*L*a première chose que je vis en entrant dans la maison du gardien de la réserve des koalas fut un immense calendrier accroché au mur. Une photo de la reine Elizabeth en occupait la plus grande partie. Elle y était vêtue de ses plus beaux atours et portait une couronne de diamants. En dessous, les jours écoulés étaient barrés. Je regardai fascinée ce calendrier comme si j'avais vu un fantôme. La dernière fois que j'en avais regardé un était le jour où Greg m'avait invitée au bal. Il y avait une semaine encore j'étais à New York entourée de mes amis, sachant qui j'étais, où j'allais et ce que je voulais. Maintenant j'étais dans cette maison de bois, je portais dans mon sac un bébé kangourou et j'étais couverte de la poussière orange des pistes. J'avais laissé derrière moi la civilisation comme un rêve à moitié oublié.

J'étais encore sous le choc de mes pensées lorsque Bob, le gardien, un homme grand et bronzé d'une trentaine d'années s'approcha de moi :

« C'est le "joey" que vous avez trouvé ?

— Pardon ? »

Bien que les Australiens soient censés parler anglais, j'avais parfois toutes les peines du monde à les comprendre tant leur accent différait de l'accent américain.

« Le "joey", répéta-t-il en s'emparant de mon sac.

— Ici, on appelle les bébés kangourous, des "joey" », m'expliqua gentiment Bruce.

Il ne semblait pas m'en vouloir. Il avait tenté de convaincre mon père que ma méprise n'avait aucune importance, mais papa avait eu des paroles très dures disant que l'on devait avoir du respect pour les autres quelles que soient leurs fonctions ou leur place dans la société. Ces mots s'étaient imprimés dans sa mémoire, et je dois reconnaître qu'il avait raison. Avec maman, j'avais pris l'habitude de claquer des doigts pour héler un taxi ou appeler un portier afin qu'il porte mes bagages. J'avais fini par croire que j'étais faite d'une essence supérieure. J'étais morte de honte. Comment avais-je pu me conduire aussi mal ?

Bob sortit le bébé kangourou de son abri, et l'examina avec attention.

« Je crois qu'il survivra mais il faut lui donner à boire. Ma femme va s'en occuper. Elle est sur la terrasse, demandez-lui de vous préparer un biberon. »

Et il me tendit le kangourou. Je fus sur le point de protester en expliquant que je ne savais pas nourrir ces animaux, mais il disparut avant que j'aie pu ouvrir la bouche.

L'épouse de Bob n'était pas sur la terrasse mais dans un petit bâtiment où vivaient les animaux abandonnés. Elle essayait de donner le biberon à plusieurs bébés kangourous qui dodelinaient autour d'elle. En me voyant arriver, elle repoussa une longue mèche de cheveux et s'écria mi-sérieuse, mi-amusée :

« Oh non ! Encore un autre ! Ce n'est pas possible. C'est une véritable invasion cette année. Je lui prépare son biberon dans une minute. Il est visiblement trop petit pour manger. »

Elle se précipita vers la porte.

« Au fait ! Je m'appelle Kay, vous devez penser que je suis très grossière, mais je suis débordée. Tous ces animaux ont faim en même temps !

— Je pourrais peut-être vous aider. »

Ces mots étaient sortis de ma bouche sans que je puisse les retenir.

Kay me sourit.

« Ce serait merveilleux ! Donnez-leur cette

écuelle, ils vont rester tranquilles pendant un moment et nous en profiterons pour préparer les biberons. »

Je dois reconnaître que c'est une sensation étrange d'être suivie par une douzaine de bébés kangourous affamés et remplis d'espoir, et c'est encore plus étrange d'avoir un kangourou sur les genoux et de lui donner le biberon. Je compris enfin pourquoi Adam avait toujours un animal à la maison. C'est bien agréable de s'occuper d'un petit être sans défense et totalement dépendant de vous. Il me revint en mémoire la mort de mon hamster lorsque j'avais huit ans et la tristesse qui s'ensuivit.

Alors que je n'avais donné que la moitié du biberon au petit kangourou, Bruce et Adam vinrent me rejoindre et rirent une fois de plus en voyant mon chemisier tout taché de lait.

« Tiffany, tu n'es pas censée lui donner un bain ! dit Adam.

— Fais-le toi-même si tu es si intelligent, répondis-je vivement.

— Ta sœur a eu une très bonne idée, Adam, ajouta Bruce. Il est très difficile de les nourrir. Ils sont si gourmands qu'ils prennent mal le biberon et en renversent la moitié. Vous vous en sortez très bien, Tiffany. »

C'était bien la première fois que Bruce m'appelait par mon prénom. Je levai les yeux et rencontrai son regard. Pour une fois, il n'était pas ironique mais compréhensif. Nous nous regardâmes longuement. Pourquoi était-il si gentil alors que j'avais été bête et vaniteuse ? Comment pourrais-je me sentir à l'aise avec lui après avoir osé lui parler comme je l'avais fait ?

Nous passâmes cette nuit-là dans la maison de Bob et Kay. J'aurais préféré dormir à l'air libre tant la chaleur était suffocante. Je passai la nuit à me tourner dans mon lit. Je finis par me lever et je m'aspergeai d'eau. Puis j'allai à la fenêtre respirer un peu mais en vain.

Je m'endormis enfin, et à mon réveil je vis que le rideau de la fenêtre était soulevé par le vent. Je fus debout d'un bond. L'air était brûlant, le vent chaud qui soufflait apportait une odeur de fumée.

« Il y a le feu quelque part ? demandai-je à Bob que je rencontrai sur la terrasse.

— Oui, à une trentaine de kilomètres, ils l'ont annoncé à la radio. C'est une zone habitée et les pompiers contrôlent l'incendie, mais avec ce vent on ne sait jamais. »

Nous nous retrouvâmes tous dans la cuisine pour prendre le petit déjeuner. Après avoir terminé, nous partîmes filmer les koalas. Je pensais qu'il serait très difficile de les dénicher car ils étaient sauvages, mais Bob nous mena à eux sans hésiter sur le chemin à prendre.

« Comment les avez-vous trouvés ? » demandai-je.

Bob éclata de rire mais cela ne m'affecta pas, j'en avais pris mon parti.

« Ils sont terriblement paresseux. Si vous voyez un koala endormi sur un arbre, vous êtes à peu près certain de le retrouver au même endroit le lendemain.

— J'aimerais bien les voir de plus près. »

Avant que j'aie pu répondre, Bob grimpa à un arbre et redescendit avec un koala qu'il déposa dans mes bras. Le koala ne se rebella pas et s'accrocha à moi comme un nounours en peluche vivant. Mon père ravi filma la scène.

« C'est un bon début dans le cinéma », dis-je en riant.

Papa et Adam tournèrent toute la journée. Les koalas étaient adorables mais vraiment stupides. Si l'on en posait un sur le sol, il se relevait avec nonchalance et retournait dormir sur la branche la plus proche. Bruce m'expliqua qu'ils dormaient toute la journée car les feuilles des gums dont ils se nourrissaient contenaient une substance narcotique.

« Faites attention aux mâles, me dit Bob. Ils n'ont pas très bon caractère et il leur arrive de mordre. »

A la fin de la journée mon père avait utilisé plusieurs rouleaux de pellicule, à sa grande joie. Il ne s'était pas passé grand-chose car les koalas bougeaient peu mais papa avait pu faire des gros plans fantastiques. Les bébés n'étaient pas plus remuants que les adultes, ils dormaient accrochés au dos de leur mère.

Lorsque nous rentrâmes, nous avions très

chaud et nous étions épuisés. Le vent soufflait aussi fort que le matin et apportait toujours cette odeur de fumée. Après le dîner, nous nous couchâmes dans une atmosphère pesante.

Des éclats de voix me tirèrent de mon profond sommeil. J'entendis des bruits de pas précipités résonner dans toute la maison. J'allai à tâtons jusqu'à la fenêtre. Il faisait encore nuit et la lune rousse brillait dans le ciel d'un noir d'encre.

« Que se passe-t-il ? demandai-je à une forme qui passait sous la fenêtre.

— Le feu vient par ici. Il faut absolument mettre les koalas à l'abri », me cria Bruce.

Je faillis lui demander si nous étions menacés, mais je me retins. Rassemblant tout mon courage, je m'habillai en quatrième vitesse, et rejoignis les autres. Avant même d'avoir pu réfléchir à ce que je faisais, je me retrouvai dans une jeep conduite par Bob.

Le feu était devenu une réalité, plus seulement une odeur apportée par le vent. L'incendie n'était plus qu'à une vallée de l'endroit où nous nous trouvions et nous l'entendions rugir. J'étais malade de peur. Je n'osais pas dire un mot de crainte que ma voix me trahisse. Une jeep pouvait-elle traverser un brasier ? Les flammes avaient franchi une vallée. Elles pouvaient tout aussi bien en franchir une autre et nous isoler. Les autres paraissaient très calmes, mais moi, j'étais terrorisée. Pourquoi n'étais-je pas restée à la maison ? J'aurais eu l'excuse d'aider Kay à soigner les bébés kangourous.

Il faisait noir. On ne voyait rien à dix centimètres. Les phares de la voiture dessinaient un fin rayon blanc sur la piste et les arbres semblaient tomber sur nous. Comment Bob pouvait-il conduire si rapidement. Nous étions ballottés dans tous les sens et sautions à chaque cahot. Personne ne parlait. De toute façon, le bruit du moteur aurait couvert nos voix. Lorsque Bob arrêta enfin la jeep, le silence nous enveloppa, seul le crépitement au loin des flammes troublait la quiétude qui nous entourait.

« Prenez cela, dit Bob à mon père et à Adam en leur tendant des torches. Vous allez éclairer les koalas pendant que Bruce et moi les ramasserons.

— Que puis-je faire ? demandai-je avec le secret espoir de n'avoir aucune tâche à accomplir.

— Beaucoup de choses ! D'abord vous mettrez les animaux dans des sacs et ensuite nous aviserons. »

J'aurais préféré éblouir les koalas avec les lampes, c'était moins dangereux, j'avais vérifié à mes dépens que les mâles pouvaient mordre. J'imaginais déjà les gros titres des journaux : *Une jeune fille meurt de la rage transmise par les morsures des koalas qu'elle tentait de sauver* ou bien encore : *Une jeune fille meurt brûlée vive en tentant de sauver des koalas.* La lumière de l'incendie se faisait de plus en plus vive et la fumée me faisait pleurer.

Nous atteignîmes le couvert des arbres. Papa et Adam allumèrent leurs lampes, mais il n'y avait pas le moindre koala sur les branches.

« Oh non ! Ils sont allés sur d'autres arbres ! s'écria Bob.

— Vous pensez qu'ils sont loin ? demanda Adam en baladant le faisceau de sa lampe sur les autres gums.

— Sûrement pas, mais il y a tellement d'arbres, ça va être long et très compliqué. »

Soudain Adam cria :

« J'en vois un ! »

Effectivement, ils étaient à quelques mètres de nous, et cette fois sur des eucalyptus très hauts. Bob parvint à déloger un koala à l'aide d'un long bâton équipé d'un crochet qu'il passa autour du cou de l'animal. Le pauvre tomba sur le sol avec un bruit mat.

« Vous allez leur faire mal, dis-je en ouvrant mon sac pour y mettre la pauvre bête.

— Pas autant que s'ils brûlaient vifs ! Ne vous inquiétez pas, ajouta-t-il en souriant, ils sont bien rembourrés, ils ne se casseront aucun membre.

— Je vais grimper à l'arbre, dit Bruce. Lorsque j'étais gamin, je passais ma vie dans les arbres.

— Fais attention, Bruce, lui dit Bob, ils mordent. Surtout, ne prends pas de risques, les branches ne sont pas très solides. »

Bruce se hissa en haut de l'énorme eucalyptus et disparut sous le feuillage. Quelques secondes plus tard, il nous appela :

« Attention ! J'en vois un. »

Un paquet de fourrure voltigea. Bob parvint à le rattraper. Je le mis dans un sac sans que le koala fît mine de se débattre. Somme toute, tout se déroulait sans anicroche. Bruce délogea tous les koalas de cet arbre et s'attaqua au suivant.

Soudain, l'on entendit un grand craquement, un cri et la voix désolée de Bruce :

« Je ne peux pas les attraper. Ils sont tout en haut et je suis trop lourd pour ces branches.

— Tu t'es fait mal ? demanda Bob.

— Non ça va, mais il reste au moins dix koalas.

— C'est le plus gros de la troupe, on ne peut pas les abandonner, dit Bob qui brusquement se tourna vers moi. Vous savez grimper aux arbres ?

— Moi ? Mais je...

— Vous êtes beaucoup plus légère que Bruce, et vous pourrez sans risque grimper bien plus haut que lui, les branches vous porteront. »

J'avais envie de hurler que non ! J'avais peur, je n'aurais jamais dû venir jusqu'ici. Je voulais rentrer à la maison, quitter ce pays de fous.

« Je suis certain que tu y arriveras, Tiffany.

Quand tu étais petite, tu adorais grimper aux arbres, dit mon père avec sérieux.

— Bon, je vais essayer. »

Je fis quelques pas en direction de ce maudit encalyptus entouré de branches brisées. Papa me souleva jusqu'aux premières branches et je dus m'accrocher aux feuilles qui m'égratignèrent. Tout à coup, la panique s'empara de moi. Et si cet arbre abritait des serpents ? Ils ne manqueraient pas de me piquer. Je m'efforçai de chasser ces terribles pensées de mon esprit. Plus haut, de pauvres bêtes attendaient que je vienne à leur secours.

Bruce m'avait rejointe. Il me tendit la main pour m'aider à me hisser plus haut.

« Parfait ! Vous les voyez là, sur cette branche ? Je vais vous aider. Dès que vous le pourrez, prenez-les par la peau du cou et faites-les tomber. Il faut faire très vite sinon ils s'accrochent à leur branche et on ne peut plus les déloger. »

A ce moment-là, une immense flamme embrasa le ciel et l'on entendit le craquement sec d'arbres foudroyés.

« On a combien de temps ?

— Je ne sais pas, Tiffany. Attrapez tous ceux que vous pourrez. Bob nous appellera quand il faudra quitter les lieux. Il a l'habitude de ces incendies. »

Quelques branches plus haut, je vis un koala bien calé sur une fourche. J'avais oublié qu'ils étaient aussi gros. J'essayai de le prendre par la peau du cou, mais il était très lourd. Finalement je l'agrippai d'une main ferme, mais il se raccrocha à une branche et pendant une seconde qui me sembla durer une éternité, je crus que j'allais tomber dans le vide. Bruce me retint par le bas de mon pantalon et je pus recouvrer mon équilibre. Le koala effrayé s'accrochait à moi et je sentis ses griffes entamer la peau de mon bras.

« J'en tiens un !

— Laissez-le tomber », me cria Bruce.

J'attrapai une femelle qui portait un bébé sur son dos. Pour tout remerciement, elle me mordit.

« Il y a un bébé, je ne peux pas les laisser tomber !

— Ne vous inquiétez pas, je vais rattraper le tout ! Essayez de bien viser, me dit Bob, et puis descendez, le feu se rapproche. »

Je lâchai les deux koalas, et sans plus réfléchir, j'en attrapai un autre. Il y avait plusieurs animaux regroupés quelques branches plus haut, la terreur était inscrite dans leurs regards, mais je ne pouvais rien faire, ils étaient beaucoup trop loin.

« Passez-moi une perche ! Il faut que je les attrape, hurlai-je.

— Non, Tiffany, tu n'as pas le temps, redescends immédiatement, ordonna mon père.

— Nous n'avons pas le temps, dit Bruce en me tirant par la main.

« — Non ! Je ne peux pas les laisser ! Attendez ! Je vais essayer cette branche. »

Les koalas me regardaient de leurs grands yeux écarquillés d'effroi.

« Pas question ! dit Bruce en me prenant par la taille d'une main d'acier. Allez, on descend tout de suite, sinon on y reste. »

Pendant qu'il prononçait ces paroles l'arbre voisin prit feu dans un bruit sourd d'explosion.

« Pourquoi n'essaient-ils pas de se sauver ?

— Parce qu'ils sont trop bêtes, répondit Bruce d'un ton sans réplique. Dépêchez-vous, bon sang ! »

Je me laissai glisser le long du tronc. Mon père et Bob me rattrapèrent et nous nous précipitâmes tous dans la jeep. L'incendie s'était propagé à une vitesse foudroyante. La chaleur était insupportable, la fumée nous entourait et formait un mur opaque. Nous suffoquions. Je ne sais pas comment Bob parvint à retrouver son chemin au milieu de ce chaos, mais nous fûmes bientôt hors de danger. J'avais eu très peur au début de l'incendie et maintenant j'étais pétrifiée, aussi immobile qu'une statue entre Bruce et Adam. Je ne pouvais pas tourner la tête pour voir si les flammes nous poursuivaient, je ne pouvais ni parler, ni pleurer ni faire le moindre geste. J'avais le sentiment d'avoir été soumise à une telle pression que la vie s'était échappée de moi.

Nous étions presque parvenus au refuge lorsque nous nous retrouvâmes face à un autre véhicule.

« Nous venions à votre secours ! dit un homme. Kay nous a appelés, elle a cru que vous alliez rôtir.

— Nous avons sauvé quelques koalas, répliqua Bob d'un ton détaché comme s'il parlait à son voisin de palier. Malheureusement, il en restait d'autres.

— Dommage ! bah ! On n'y peut rien... Allez, on rentre ! » continua l'homme.

Plusieurs camions stationnaient devant la maison. Des pompiers couraient dans tous les sens.

« Qu'est-ce qu'ils font ? demanda Adam.

— Ils refont des feux, dit Bob en prenant les sacs qui contenaient les koalas, de petits feux contre l'incendie, de cette façon il n'arrivera pas jusqu'à nous.

— Et si le vent tourne ?

— Alors, ce sera la catastrophe, répondit Bob calmement. C'est un risque à courir dans le coin. »

Bruce et Adam aidèrent Bob à rentrer les animaux pendant que mon père caméra au poing filmait tout ce qui se passait. J'étais au milieu de la cour, figée, incapable de faire un pas de plus. D'ailleurs, où aurais-je été ? *Combien de koalas sont restés ? Combien d'animaux innocents sont en train de brûler sans pouvoir s'enfuir ?* Je ressassais ces questions avec horreur.

« Hé ! Tiffany, Tiffany ! Ça va ? »

Bruce s'approcha et me prit par les épaules.

« Allez ! Rentre ! On ne va pas rester là, je ne supporte plus la fumée et Kay nous a fait du thé. »

Il m'entraîna doucement, et je ne lui opposai aucune résistance.

« Tu as été super là-bas. »

Je notai machinalement qu'il me tutoyait mais je m'en moquai. Soudain j'explosai :

« Ce n'était pas super ! On en a laissé plein, et maintenant ils sont morts ! »

Bruce me fit face et posa ses mains sur mes épaules.

« Nous avons fait tout notre possible pour les sauver. Nous ne pouvions pas rester plus long-temps sinon nous aurions, nous aussi, brûlé. »

Des larmes coulaient le long de mes joues.

« Mais ces pauvres bêtes, elles attendaient que je les aide... »

Je ravalai mes sanglots et essuyai mes larmes du dos de la main.

« Désolée... Je me comporte comme une vraie gamine mais...

— Mais non ! C'est normal de pleurer, dit Bruce en me forçant à m'asseoir. Tu as eu peur comme nous tous et tu as subi un choc. Pleure, ça te fera du bien. »

Il s'assit à mes côtés et très doucement je lais-sai ma tête aller sur son épaule. Il me serra contre lui.

Je ne pouvais m'arrêter de pleurer.

« Bruce, c'est affreux ! J'ai honte ! Je vois leurs yeux pleins d'espoir... Je les ai trahis, c'est impardonnable. »

Bruce caressait mes cheveux.

« Tu en as sauvé plusieurs. C'est bien, quand bien même tu n'en aurais sauvé qu'un... C'était très courageux de ta part, et puis n'oublie jamais que c'est grâce à toi qu'ils ne sont pas tous morts. Tu as été formidable ! Je suis très fier de toi ! »

Je parvins à esquisser un sourire.

« Merci... J'ai l'air bête... Je me suis mal comportée avec toi quand je t'ai connu et maintenant je pleure... Je ne sais plus ce que je fais.

— Ça ne t'arrive jamais de pleurer ?

— Pas souvent », dis-je en me rendant compte que je n'avais pas versé une larme depuis le divorce. J'avais tellement pleuré alors que j'avais décidé que rien ne pourrait plus jamais me faire du mal. J'avais écarté toute sensibilité jusqu'à ce soir.

« Je suis bien content que tu pleures, c'est la meilleure chose à faire quand on est triste ou désemparé. »

Il me sourit et me serra encore plus fort contre lui. Malgré mon désarroi, je savourai cette étreinte.

« Tu sais, je crois que je n'avais rien compris. »

Son regard était très sérieux, toute ironie en avait disparu.

« Je croyais que tu faisais partie de ces filles qui ne s'intéressent qu'à leur maquillage et à leur petite personne. Je n'aurais jamais cru que tu puisses pleurer la mort de quelques koalas. En aurais-tu été capable à Sydney ?

— Je ne crois pas. J'étais superficielle, égoïste et incapable de prêter la moindre attention aux autres, répondis-je doucement, et je suis navrée au plus haut point d'avoir eu cette attitude avec toi. Tu as dû penser que j'étais un monstre de prétention et de stupidité. Tu aurais dû...

— Ça suffit, dit-il en posant un doigt sur mes lèvres. Je n'accepte plus d'excuses, on peut tous se tromper et personne ne peut se targuer d'avoir une attitude irréprochable toute sa vie. Je propose que l'on oublie tout ce qui s'est passé avant cette nuit, d'accord ?

— D'accord, dis-je gravement.

— O.K. ! c'est parfait, alors on va le boire ce thé, oui ou non ?

— Oui ! Kay doit s'impatienter ! »

Et main dans la main, nous pénétrâmes dans la maison.

7

*D*e la forêt, il ne restait que quelques débris calcinés, quelques branches noirâtres qui se dressaient çà et là comme des doigts accusateurs. Dans le lointain, l'on voyait encore de la fumée s'enrouler autour de troncs d'arbres noircis. Un silence absolu régnait. Pendant longtemps, ni les oiseaux ni les insectes ne le troubleraient. Même le vent soufflait sans bruit.

Je sortis de la maison pour contempler ce spectacle de désolation. C'était déprimant, j'aurais dû très mal le supporter, mais curieusement je me sentais renaître comme si j'avais passé des années dans une cellule de prison et que soudain j'étais libre. J'avais beaucoup réfléchi avant de trouver le sommeil, et je m'étais aperçue que depuis que je vivais à New York, je m'efforçais de jouer un rôle, d'être une autre personne. Je portais un intérêt démesuré aux vêtements et à l'aspect superficiel de la vie pour m'interdir de réfléchir ou de m'intéresser à ce qui était vraiment important. Depuis que j'étais en compagnie de gens « vrais », mon père, Adam, Bruce et même ce vieux fou de Sam, je pouvais resituer ma vie. Je m'étais refusée pendant ces deux ans à exprimer un quelconque sentiment parce que je n'avais personne vers qui me tourner, personne qui m'aurait comprise. Bruce, lui, avait compris, il m'avait aidée à rompre le sort et m'avait révélé qui j'étais.

Et j'étais là sur le pas de la porte à me rappeler comme il était bon de sentir ses bras autour de moi, ses mains caressantes sur mes cheveux... Soudain, sa voix me tira de cette rêverie.

« Bonjour, Tiffany, on voit vraiment que tu as passé une rude nuit !

— Ah bon.

— On dirait que tu t'es battue avec un ours ! »

Je ne m'étais pas regardée dans une glace depuis au moins quatre jours, ce qui aurait déjà été surprenant pour une fille de mon âge, mais qui, pour moi, était tout bonnement un record du monde.

« Viens », me dit Bruce en me prenant par la main comme si c'était la chose la plus naturelle du monde. Il me conduisit dans une petite pièce que je n'avais pas remarquée jusqu'alors. Au mur, était suspendu un miroir. Je fixai mon reflet avec horreur. Où était passée Mademoiselle Perfection qui ne faisait pas un pas sans maquillage et sans s'être coiffée ? Le soleil avait rougi mon nez et fait surgir quantité de taches de rousseur sur mes joues. Mes cheveux étaient tout ébouriffés. Une longue écorchure me traversait la joue gauche et l'état de mes bras et de mes jambes laissaient effectivement à penser que je m'étais battue avec un ours féroce.

« Mon Dieu ! Si ma mère me voyait ! m'exclamai-je en riant mais je savais que plus jamais je ne pourrais me sentir bien avec maman et son style de vie figé.

— Il faut mettre de la pommade sur ces coupures, nous aurions déjà dû le faire hier soir, mais je suppose que nous étions trop occupés pour y songer. »

Il prit un flacon de désinfectant et du coton et nettoya toutes les petites coupures. Cela me brûla mais il était hors de question que je me plaigne. J'étais beaucoup trop contente que Bruce soit si attentionné.

« Tout va bien ? demanda Bob en entrant. J'ai encore besoin d'aide. Il y a un véritable zoo qui crie famine.

— Pas de pitié pour les braves, dit Bruce en me faisant un clin d'œil. Au travail ! »

Nous travaillâmes d'arrache-pied toute la matinée. Les habitants de la région connaissaient le refuge et y avaient amené des animaux blessés ou simplement affolés par le feu. Je les tenais pendant que Bob soignait leurs brûlures. Ce n'était pas chose aisée car les koalas me mordaient et les kangourous se débattaient. A la fin de la matinée, j'avais récolté bon nombre de morsures et d'égratignures supplémentaires. Mon père filma toutes les opérations.

« Retiens-le ! Lève-lui la tête, tourne-le vers la caméra...

— Facile à dire, papa, toi, tu tiens une caméra qui ne mord pas et qui ne se débat pas. Viens t'occuper de ce charmant kangourou et je prends la caméra... »

Pourtant, tout se déroulait dans la bonne humeur et nous allâmes déjeuner sachant que nous avions accompli une tâche importante.

Kay avait installé une table sous le seul eucalyptus rescapé, et nous allions entamer le pâté en croûte lorsque nous entendîmes le bruit d'un hélicoptère.

« Ça doit être des officiels qui viennent constater l'ampleur des dégâts, dit Bob en inspectant le ciel.

— Ce n'est pas un hélicoptère du ministère de l'Environnement, dit Kay, j'ai plutôt l'impression que ce sont des journalistes.

— Ah non ! soupira Bob. Tu te souviens de la dernière fois. Ils sont arrivés à dix, au moins, ils voulaient tout savoir, les détails horribles surtout : combien d'animaux étaient morts, combien d'autres avaient été blessés... Et en plus, ils nous empêchaient de travailler.

— J'ai bien l'impression que ça va recommencer, dit Sam, l'hélicoptère se rapproche. »

L'appareil se posa près de nous, et projeta de la poussière noire sur la table. Le bruit était étourdissant. Nous retînmes la nappe qui menaçait de s'envoler. La porte de l'engin s'ouvrit enfin. Nous nous attendions à voir des journalistes du genre baroudeur mais ce fut une jeune fille d'à peu près mon âge qui sauta au sol. Ses cheveux blonds et brillants encadraient un visage aux traits fins, et elle portait un joli short rose qui surprenait au milieu de nos tenues. Sa silhouette élancée surgissant entre les ruines désolées semblait celle d'une bonne fée venue nous porter secours. Elle regarda autour d'elle avec intérêt, repoussa d'un geste empreint de charme sa magnifique chevelure et s'avança vers nous. Elle nous dévisagea et daigna sourire.

« Bruce ! » s'écria-t-elle avec un sourire qui dévoila des dents parfaites.

Bruce se leva pour aller à sa rencontre.

« Pamela ! Mais qu'est-ce que tu fais ici ?

— J'étais inquiète. En écoutant les informations à la radio j'ai dit à papa : "Pourvu qu'il n'ait rien fait de stupide comme d'essayer de sauver ces animaux idiots au risque d'y rester !" J'avais si peur qu'il te soit arrivé quelque chose que papa a fini par me laisser prendre l'hélicoptère pour m'assurer que tu allais bien.

— Je vais bien, comme tu peux le constater.

— Mais tu es brûlé et tu as des coupures partout, c'est horrible ! Ne voudrais-tu pas rentrer avec moi et voir un médecin.

— Je t'en prie, Pamela ! Tout va bien. Ce ne sont que quelques égratignures que je me suis faites quand nous secourions les koalas. Elles n'ont rien de comparable à celles de Tiffany. »

Pamela se tourna vers moi d'un air dédaigneux. J'étais affreusement gênée, mon nez était tout rouge, j'étais défigurée, mal habillée, mal coiffée.

« Oh, elle doit en avoir l'habitude, dit Pamela en me regardant comme si j'étais un animal de cirque, mais toi non ! Je voudrais vraiment que tu quittes cet endroit et que tu ne risques plus ta vie pour sauver des animaux imbéciles, en plus tu es sale, je suis certaine que tu ne t'es pas lavé depuis plusieurs jours !

— Pamela ! Tu sais pertinemment que je suis très bien là où je suis sinon je ne serais pas venu. Ce que j'aimerais c'est que tu repartes le plus vite possible, que tu cesses de t'occuper de mes affaires et que tu dises à mes parents que je vais très bien. »

Depuis que cette fille était arrivée, je me sentais mal à l'aise. Si elle débarquait au beau milieu du Bush en hélicoptère, c'était que Bruce et elle devaient avoir des relations spéciales. *C'est peut-être une sœur ou une amie d'enfance.* J'essayais en vain de me convaincre.

« Non merci », disait-elle à Kay qui l'invitait à partager notre repas. L'expression de son visage était très révélatrice, jamais elle ne s'abaisserait à déjeuner avec des gens aussi primitifs.

« Bruce, je t'en supplie, ne prends plus de risques inconsidérés », dit-elle en lui caressant la joue.

Elle l'embrassa, et je compris clairement qu'elle n'était pas sa sœur. Sans même nous saluer, elle remonta avec grâce dans l'hélicoptère qui décolla aussitôt.

Quand j'étais petite, mon père, un jour, m'avait conduite à la foire et m'avait acheté un beau ballon rouge en forme de cœur. J'étais folle de joie, je l'avais précieusement gardé toute la journée pour le montrer à maman, mais en rentrant à la maison, il avait explosé. C'était un peu ce qui m'arrivait maintenant, je venais enfin de rencontrer quelqu'un à qui je pouvais ouvrir mon cœur et pschuit... C'était terminé.

Tu es vraiment trop bête, me dis-je amèrement en essayant de manger. *Tu as cru que Bruce et toi... mais ne te fais pas trop d'illusions, il a vu que tu avais peur et il a été gentil, c'est tout...*

Les convives étaient tous d'excellente humeur et ils profitèrent de la visite de Pamela pour émettre des plaisanteries.

« Seul le fils de Michael Dawson peut se permettre de recevoir la visite de sa petite amie ici !

Et en hélicoptère, quelle classe ! dit mon père hilare.

— Bruce, dis-moi, qui est-ce au juste ? » demanda Adam.

Pour la première fois depuis que je le connaissais, Bruce rougit.

« Une copine.

— Sûrement ! Elle m'a tout l'air d'être une bonne vieille copine d'enfance, dit Adam en riant.

— Bruce, c'était bien Pamela Morton ? demanda Kay. J'ai vu sa photo dans les journaux.

— C'est bien elle, répondit Bruce de plus en plus embarrassé.

— Oui, vous savez bien, reprit Kay à la ronde, la fille des Morton, ceux qui ont les grands magasins. »

Grands magasins, pensai-je avec tristesse. *Bien sûr, il sort avec une fille riche.* Il m'était complètement sorti de la tête que Bruce était le fils d'un millionnaire. *Sois réaliste, Tiffany, tu n'as aucune chance face à une fille comme elle ; de toute façon dès qu'il rentrera, il oubliera jusqu'à ton prénom.*

« Tu es bien silencieuse, Tiffany, me dit mon père, tu as à peine mangé... Tu es certaine que tout va bien ? Tu n'as pas de fièvre ?

— Non, non, ça va, merci. D'ailleurs, je vais aller ranger mes affaires, à plus tard.

— J'espère que ça va, elle n'a pas l'habitude de tous ces événements. »

Mon père semblait très inquiet.

« Je ne crois pas que c'est ce qui s'est passé cette nuit qui lui a coupé l'appétit, marmonna Sam. Elle a raison, il est temps de ranger nos affaires. »

Je les entendis faire ces commentaires alors que je m'éloignais. J'en déduisis que mon expression avait dû me trahir. Cependant, seul Sam avait vu juste. Comment cet homme frustre avait-il pu comprendre ou imaginer ce qui s'était passé ? Je n'avais pas l'habitude d'être émue par un garçon, et apparemment, je n'avais pas su dissimuler mes sentiments. Je devais absolument être très prudente à l'avenir, je ne voulais à aucun prix que les gens croient que j'étais amoureuse de Bruce, même si c'était la vérité.

8

*N*ous partîmes une heure plus tard laissant dans le sillage de la voiture une traînée de poussière noire. Le lendemain, nous ne fîmes qu'une très brève halte. Je regardais parfois derrière nous. Les terres s'étendaient vastes et désolées comme la scène d'un gigantesque théâtre dont on aurait enlevé les décors. Après le Bush et son austérité, nous avions abordé la forêt qui au fil des kilomètres s'était raréfiée pour faire place à une herbe rare qui à son tour se raréfia : nous étions entrés dans le désert. Le seul arbre était près d'une mare. Je saisis enfin toute la portée du mot « expédition ». La nourriture déshydratée et les jerricanes d'eau si déplacés à Sydney allaient enfin prouver leur utilité. Nous ne trouverions

ni refuges de koalas, ni maisons de garde forestier et encore moins de magasins. Nous étions
livrés à nous-mêmes.

La piste était de plus en plus défoncée.

« J'ai mal au dos ! se plaignit Adam alors que
nous nous étions arrêtés pour déjeuner. J'ai bien
l'impression que cette Land-Rover n'a plus de
suspension du tout. Papa, tu ne crois pas que la
route du nord est meilleure ? J'aimerais bien la
rejoindre.

— Non, répondit fermement mon père, un
des buts de cette expédition est de suivre cette
piste comme l'a déjà tenté une équipe.

— Qui n'est pas revenue, dit Bruce avec un
sourire ironique.

— C'est une chance que tu sois là, dit Adam.
Tu as vraiment le don de nous remonter le
moral !

— Remarque bien qu'ils avaient des cha-
meaux et non des voitures, ajouta Bruce, ils ont
dû moins souffrir du dos !

— Tu plaisantes, Bruce, mais je préférerais
être à dos de chameau, c'est plus doux que le
siège arrière de cette maudite Land-Rover,
m'exclamai-je.

— C'est vrai ! De plus ils ont un avantage
supplémentaire, poursuivit Bruce.

— Ah oui ! Ils ne consomment pas d'essence.

— Tu n'y es pas du tout, Tiffany ! Je voulais
dire que si l'on est perdus dans le désert, on peut
toujours les manger.

— Comment peux-tu dire des choses pareilles ? De toute façon, tu serais bien incapable de tuer un chameau !

— Qui a parlé de tuer ? On attend qu'ils meurent d'épuisement et hop ! on découpe quelques steaks. C'est simple comme bonjour.

— Tu es horrible ! Mais je maintiens que tu as bon cœur et que tu es tellement attaché aux animaux que tu leur creuserais une tombe s'ils venaient à mourir, et tu serais bien capable en plus d'y mettre une croix. »

Il me sourit en remontant dans la voiture.

« Tu as raison ! »

Bruce et moi nous entendions à merveille. Personne n'avait reparlé de Pamela depuis qu'elle avait disparu dans le ciel bleu et, pour ma part, je m'efforçais d'oublier son existence. Parfois, je pensais que ma relation avec Bruce allait s'épanouir, et à ces moments-là, j'étais persuadée qu'il ne me considérait pas seulement comme une amie. Lorsqu'il me tenait par l'épaule pour m'expliquer les plantes du désert ou qu'il me prenait la main pour faire quelques pas jusqu'à des endroits merveilleux, je nous sentais unis par un courant d'une rare intensité. Les regards particuliers qu'il me réservait n'étaient pas le fruit de mon imagination. Le soir, à la veillée, il s'installait toujours près de moi et, dans l'obscurité, sa main frôlait la mienne doucement.

Pourtant rien d'autre ne me permettait de croire que nous allions sortir ensemble. D'ailleurs, nous ne pouvions jamais être seuls. Perdus au milieu de ce désert, il nous était impossible de ne pas rencontrer Adam ou Sam qui se seraient fait un malin plaisir de lancer quelques remarques ironiques, et de plus, je n'avais aucune envie d'avoir ma première histoire sérieuse avec un garçon sous l'œil attentif de mon père. La chaleur qui régnait n'arrangeait rien. Toute la journée, nous devions travailler très dur et nous ne parlions qu'en cas d'absolue nécessité. Alors je ne pouvais qu'espérer. Mais la nuit, lorsque j'étais fatiguée à en pleurer et que j'essayais en vain de brosser mes cheveux, je ne pouvais m'empêcher d'évoquer la belle Pamela fraîche et impeccable qui attendait tranquillement dans le confort douillet de sa maison le retour de Bruce.

Je dormais à l'arrière d'une des Land-Rover. J'en avais décidé ainsi après avoir trouvé une énorme chenille dans mon sac de couchage. Bruce m'avait dit qu'elle était vénéneuse. J'avais déjà peur des serpents mais la pensée de me faire piquer par un gros insecte velu était au-delà de mes forces.

Un jour, nous traversâmes une montagne parcourue de cours d'eau, et mon père nous donna l'autorisation de nous baigner. Je ne me le fis pas dire deux fois, il y avait si longtemps que cela ne m'était pas arrivé. Je barbotai comme une enfant pendant un long moment, puis je m'étendis un instant, ravie de contempler le bleu du ciel que l'on apercevait entre les rochers. Je savourais la fraîcheur quand Bruce m'appela :

« Viens, je veux te montrer quelque chose !

— Maintenant ? Je n'ai pas envie de bouger, c'est la première fois depuis des semaines que je n'ai pas trop chaud et que je me sens bien !

— Je te promets que tu ne regretteras pas de t'être levée. »

De guerre lasse, je me levai et il m'entraîna entre les rochers d'une magnifique couleur rouge. Je me rendis compte soudain que nous étions enfin seuls. Pourvu que ni Sam ni Adam ne viennent ! Après avoir parcouru une centaine de mètres nous débouchâmes devant un surplomb uni et incurvé.

« J'ai pensé que ça te plairait de voir cela », me dit-il en me montrant des peintures sur le roc. Elles étaient rouges et noires et représentaient des hommes et des animaux. Il y avait aussi des dessins abstraits.

« C'était un lieu sacré, ce sont les aborigènes qui les ont peints. C'est très beau, n'est-ce pas ? »

Il m'entoura de son bras, j'étais tout contre lui, sa joue touchait la mienne. Je fermai les yeux.

« Bruce ! Où es-tu ? »

C'était la voix d'Adam.

« Viens vite ! »

Et mon cher frère apparut.

« Dépêche-toi, Bruce ! Ta copine a lancé un appel radio, elle veut te parler », dit-il avec un horrible sourire ironique.

Bruce relâcha son étreinte, et partit en courant. Je restai avec Adam.

« Tiffany, tu n'as aucune chance contre Pamela, tu devrais abandonner, me dit-il avec une douceur inhabituelle.

— Que veux-tu dire ? dis-je, heureuse pour une fois que les coups de soleil dissimulent la rougeur qui avait envahi mes joues.

— Allons, allons, petite sœur, je ne suis pas aveugle. Tu le suis comme un bébé kangourou qui attend son biberon.

— Tu es fou !

— Peut-être ! Mais l'expression de ton regard ne ment pas.

— Tu racontes n'importe quoi !

— Laisse tomber, Tiffany. Les millionnaires restent toujours entre eux... Je te le répète, tu n'as aucune chance. »

J'avais encore la chaleur de la joue de Bruce sur la mienne. Si, j'ai une chance, une petite chance...

Lorsque nous arrivâmes près des voitures,

Bruce avait terminé sa communication. Après ce que m'avait dit Adam, je n'osais même pas le regarder. Il fallait que je sois très prudente, je ne voulais pas que mon père se doute de quelque chose. D'un air faussement nonchalant, j'allai m'asseoir dans la Land-Rover et j'essayai une fois de plus de brosser mes cheveux. Je lançai pourtant un petit regard de côté alors que Bruce s'installait au volant. Il semblait furieux, et pas du tout comme quelqu'un qui venait de parler à la femme de sa vie. Je me demandais ce qui avait bien pu se passer mais n'osais rien dire. Adam fit une plaisanterie à propos de Pamela et Bruce d'un ton sans réplique le pria de se taire et de ne plus aborder le sujet. Ce n'était pas dans ses habitudes de réagir de cette façon. D'ordinaire il aimait rire et admettait très bien que l'on rie à ses dépens. La discussion avait dû être vraiment très pénible.

Il fut de mauvaise humeur toute la journée. Il conduisit sans ouvrir la bouche et sans quitter une seconde la piste des yeux. Parfois au hasard d'un chaos, je l'apercevais dans le rétroviseur. Son visage était tendu et buté, je ne l'avais jamais vu ainsi. Qu'avait bien pu lui raconter cette maudite Pamela ? Elle lui avait peut-être avoué qu'elle sortait avec un autre garçon. Dans ce cas, j'avais toutes mes chances. Peut-être Bruce lui avait-il dit que je lui plaisais et avait-elle mal réagi, mais dans ce cas il n'avait aucune raison de se comporter comme cela. J'aurais voulu avoir le courage de lui demander ce qui se passait. Il avait été si gentil lorsque j'avais flanché que j'aurais voulu le consoler mais le ton qu'il avait employé avec Adam m'ôtait toute envie de lui adresser la parole.

Au milieu de la nuit, l'atmosphère devint très humide. Nous avions décidé de conduire de nuit car le jour la chaleur était insupportable. Vers minuit, je m'étais assoupie la tête contre des boîtes de pellicule. Jusque-là, nous avions été entourés par la fraîcheur sèche du désert qui nous donnait la chair de poule, mais lorsque j'ouvris les yeux je sentis qu'il y avait quelque chose de changé. J'ignorais quoi. Au bout de quelques instants, je me rendis compte que l'air était chaud et saturé d'humidité. J'avais cru pendant plusieurs jours que la chaleur du désert était intolérable, mais maintenant c'était encore pis. Je ne pouvais plus respirer, mes vêtements collaient à ma peau moite, c'était épouvantable. Un peu avant l'aube, une pluie fine se mit à tomber et ce fut plus déplaisant qu'une douche trop chaude. Enfin le jour se leva, sur des nuages épais et sur un paysage boueux. Çà et là, apparaissaient des étangs entourés de milliers d'oiseaux.

« On arrive près du golfe ? demanda Adam.

— On n'y est pas encore, répondit Bruce en maintenant le volant de toutes ses forces. D'ordinaire, c'est encore le désert ici, je crois bien que c'est le cyclone Angela qui apporte cette humidité.

— Elle nous barbe, cette Angela, dit Adam en riant.

— Elle n'est pas la seule ! » répliqua Bruce sans un sourire.

La pluie fine et pénétrante tomba toute la journée. Parfois, le sol était noyé sous plusieurs centimètres d'eau et nous avions l'impression de plonger au milieu d'un océan. Des nuées de moustiques nous suivaient en bourdonnant d'aise chaque fois que nous ralentissions.

« Papa, où passons-nous la nuit ? » demanda Adam alors que les deux véhicules roulaient au pas pour traverser un cours d'eau boueux qui tourbillonnait à une vitesse folle. Les deux Land-Rover durent s'arrêter, et Sam descendit voir s'il était possible de traverser. Il revint quelques instants plus tard.

« On peut y aller mais tout doucement !

— Les premières habitations se trouvent à Faversham, dit Bruce après avoir consulté la carte.

— J'avais prévu de camper encore une nuit, dit mon père d'un air soucieux. On ne pourra pas arriver là-bas avant demain et je ne veux pas prendre le risque de conduire toute la nuit avec ces inondations, mais je ne suis pas certain du tout de trouver un endroit assez sec pour y établir le campement. »

Je regardai à l'horizon. Pas le moindre arbre

en vue. Des fourmilières géantes plus hautes qu'un homme se détachaient dans le ciel. On aurait dit des tombes. D'un geste de la main, je chassai une dizaine de moustiques, et pour la première fois depuis bien longtemps je songeai à New York avec nostalgie. Je repoussai bien vite ces pensées en me disant que les moments extraordinaires que j'avais passés en Australie valaient bien quelques inconvénients.

« Il y a un petit mont après Bonner's Creek, dit Sam, on pourrait essayer d'y passer la nuit, il y a même plusieurs arbres, je crois. C'est curieux ! Des inondations en décembre, je n'avais encore jamais vu ça !

— Adam, essaie de contacter Faversham par radio, dit mon père. Ils sauront au moins que nous arriverons bientôt. »

Après maints essais, Adam parvint enfin à établir le contact qui fut infructueux. Les fermiers étaient partis au nord de leur propriété, et le petit garçon qui répondit nous expliqua qu'il était seul à la maison. Ses parents essayaient de sauver le bétail de l'inondation, il ne savait pas quand ils rentreraient. Il nous demanda de rétablir le contact lorsque nous serions arrivés à Bonner's Creek.

Nous repartîmes au prix de mille difficultés, la boue rendait la conduite des véhicules presque impossible. Jusqu'à présent, j'avais été agacée ou ennuyée, maintenant j'avais peur. L'eau montait de plus en plus et menaçait de nous envelopper dans un gigantesque drap boueux. Que ferions-nous si elle dépassait les véhicules ? Personne ne pourrait venir à notre secours. J'eus une vision d'horreur : j'essayais de nager dans cette eau boueuse sans savoir où aller et j'étais de plus en plus fatiguée, des serpents et des chenilles m'entouraient...

« Un crocodile ! » hurla Adam.

En effet, une forme longue et brune apparaissait et disparaissait au gré des remous de la boue. Papa s'empara de sa caméra, prêt à filmer. Je dois reconnaître que contrairement aux autres, j'étais loin d'être excitée. J'étais terrifiée.

Nous poursuivîmes notre chemin mais je ne pouvais m'empêcher de scruter la boue avec anxiété. Alors que le jour commençait à décliner, nous vîmes un arbre esseulé à l'horizon dominant un monticule de terre.

« Voilà, dit Sam, c'est l'un des arbres dont je vous ai parlé, ça doit être Bonner's Creek. »

Bonner's Creek ne semblait pas un endroit très hospitalier. L'accès en était dangereux car l'eau boueuse tourbillonnait de plus en plus vite entraînant des branches énormes.

« Sam, tu crois vraiment que l'on pourra passer ? » demanda mon père avec inquiétude.

Sam se gratta la tête et repoussa son vieux chapeau, comme à chaque fois qu'il réfléchissait.

« Écoute, mon vieux, ce sera encore pis demain, alors je crois bien que si l'on n'y arrive pas ce soir, on n'y arrivera jamais. Je vais partir en reconnaissance, on verra bien. »

Sans un mot, il quitta la voiture et s'enfonça dans le courant boueux.

« Reviens, Sam, cria mon père, tu vas être emporté par le courant. »

Sam se retourna en grimaçant.

« Ça va, mon vieux ! J'ai traversé une centaine de ces satanés courants dans ma vie et je sais ce que je fais ! »

Je me rendis compte que je retenais ma respiration. La boue lui battait les cuisses puis les flancs. Jamais les Land-Rover ne pourraient passer. Enfin, Sam trouva un banc de terre et revint vers nous en souriant. Soudain, le sol se déroba sous ses pieds et il fut englouti par la boue. Nous tentâmes de le secourir mais nos efforts demeuraient vains. Le torrent l'emportait si vite que nous ne pouvions pas l'attraper. Son chapeau disparut. Comment allait-il pouvoir garder sa tête à la surface ? Il n'était plus tout jeune.

« Sam ! hurlai-je. Sam, tenez bon ! »

Je me souvins combien je l'avais détesté à Sydney, et je me sentis coupable.

« Du calme dans le coin ! » dit une voix, et à mon immense soulagement, je m'aperçus que Sam avait réapparu. Les garçons se précipitèrent pour le hisser dans la voiture. Sam ne semblait ni effrayé ni bouleversé, juste un peu confus d'être ainsi tiré.

« J'aurais bien pu me débrouiller tout seul, maugréa-t-il. Ah ! si les gens s'occupaient de leurs affaires... Ce n'est pas la première fois que je suis entraîné par un courant vous savez, il n'y a pas grand-chose à faire, il faut se laisser porter et dès qu'on en a l'occasion s'accrocher à la première branche venue, il y en a toujours. Bon ! assez parlé pour l'instant, je crois qu'on peut y aller, le fond est assez solide. »

Bruce reprit le volant et nous démarrâmes les premiers. L'eau arrivait à hauteur des portières et de la boue pénétra dans la Land-Rover. J'avais les pieds glacés et je n'étais pas rassurée. C'était peut-être assez solide pour un homme mais deux lourds véhicules pourraient-ils passer ? Le moteur ronronnait avec régularité et bientôt, à mon grand soulagement, nous grimpâmes sur la pente du monticule. Quelques secondes plus tard, nous étions à l'abri sous le gros eucalyptus qui nous avait guidés.

La seconde voiture conduite par mon père se mit en route à son tour. Nous la regardions avancer vers nous, tel un énorme scarabée d'eau. Soudain, elle s'arrêta et l'on entendit un horrible craquement. Le moteur stoppa net.

« Papa ! que se passe-t-il ? hurla Adam.

— Nous avons dû buter contre un rocher, j'ai bien l'impression que le réservoir est percé. »

Un filet d'essence tachait déjà la surface de l'eau.

« Lance-moi la corde, Adam, vous allez nous remorquer. »

J'étais affreusement inquiète et j'eus l'impression que des heures s'écoulèrent avant que la voiture fût arrimée. Enfin, Bruce mit notre moteur en marche. Celui-ci gémit, gronda, crachota, mais rien ne bougea. L'autre Land-Rover était clouée au rocher et seule une grue pourrait l'en déloger. De surcroît, le niveau de l'eau montait à toute vitesse. Malgré nos efforts, nous ne pouvions rien. Sans perdre leur sang-froid, Sam et papa commencèrent à sortir des affaires du véhicule, et bientôt tels des naufragés nous fûmes entourés d'objets hétéroclites.

« Nous avons sauvé les caméras, annonça papa, et c'est l'essentiel.

— Et la nourriture ! renchérit Adam visiblement soulagé.

— Oui mais... la radio, dit Bruce, elle était bien dans cette Land-Rover ! »

Tous nos regards convergèrent vers le véhicule à demi submergé. Je me demandai en silence si tous les autres ressentaient cet horrible pincement au cœur... Nous étions isolés sur un petit monticule de terre de quelques mètres carrés, sans aucun moyen de communication avec le reste du monde.

9

*N*ous passâmes la nuit agglutinés sous l'arbre. Nous avions bien essayé d'allumer un feu pour préparer le repas mais la pluie qui tombait de plus en plus fort ne le permit pas. Nous en fûmes réduits à mâchonner sans conviction du bœuf en gelée pendant que la pluie dégoulinait sans discontinuer sur nos têtes. Ce ne fut pas vraiment la nuit la plus agréable de mon existence. Pour dire à quel point j'étais de mauvaise humeur, je dois avouer que j'étais assise tout contre Bruce et que je m'en moquais ! Plus il faisait noir et plus mon humeur devenait morose. J'imaginais des choses très réjouissantes : l'eau montait et envahissait notre monticule. Nous tentions alors de nous réfugier sur l'arbre mais des crocodiles se regroupaient dans l'espoir de voir tomber l'un d'entre nous. C'était idiot ! Ces charmantes petites bêtes n'auraient même pas à attendre, il leur suffisait de grimper à l'arbre pour nous dévorer tout crus ! Je résolus de ne pas dormir de la nuit.

Pourtant le sommeil eut raison de moi et je m'endormis sans m'en rendre compte. Je fis un rêve très étrange. *J'étais dans le jardin de la maison de Worchester assise sous le porche, bercée par une douce quiétude. Dieu merci, tout était terminé. Maintenant je pouvais me laver et dormir dans mon lit. Soudain, ma mère apparaissait et se mettait à hurler.*

« Tiffany ! qu'as-tu fait ? Tu es sale, tes cheveux sont décoiffés, quelle horreur ! Je t'interdis d'entrer dans la maison, tu n'es qu'une souillon et tu salirais tout.

— Maman, je t'en prie, laisse-moi entrer, je suis fatiguée, trempée, je veux me laver et me reposer.

— Lave-toi ailleurs, disait-elle froidement. Je ne veux pas que tu mettes de la boue sur la moquette blanche. »

Puis, j'étais sur les bords d'une rivière, j'essayais de me laver pour pouvoir rentrer chez moi, mais la rivière était si boueuse que malgré tous mes efforts j'étais de plus en plus sale. Je décidais alors d'aller de maison en maison supplier les gens de me laisser utiliser leur salle de bains. Après plusieurs tentatives, une brave femme me laissait entrer chez elle. J'en ressortais propre comme un sou neuf. Je partais en courant à la maison toute contente, mais lorsque j'arrivais je trouvais la porte close. Il y avait un message : Je ne suis pas là, je suis sortie avec Dennis.

Je me mettais à pleurer. Quelques instants plus tard, mon père arrivait au volant de la Land-Rover. Je l'appelais mais il ne s'arrêtait pas. Il me regardait sans me voir.

« Je ne vous connais pas, de toute façon vous ne pourriez pas venir avec moi, vous êtes beaucoup trop propre, criait-il en s'éloignant.

— Papa ! reviens ! ne m'abandonne pas ! »

J'avais dû crier car je sentis une main sur mon épaule.

« Tiffany, réveille-toi ! Ce n'est rien », dit Bruce doucement.

Je me redressai très gênée.

« Bruce, excuse-moi, je t'ai réveillé.

— Non, je ne dormais pas. Que se passe-t-il ? Tu as fait un cauchemar ?

— J'espère ! J'étais à New York et ma mère ne voulait pas me laisser entrer dans la maison parce que j'étais couverte de boue... C'est bête non ? Je ne sais pas pourquoi j'étais aussi malheureuse, je ne suis même pas sûre de vouloir vivre avec elle, surtout depuis qu'elle a épousé Dennis. J'y ai beaucoup réfléchi sur la route et plus j'y pense, plus je crois que je ne veux plus de son monde.

— Tu aimerais habiter avec ton père ?

— Je ne sais pas, je ne sais même pas s'il voudrait de moi. Dans mon rêve, il repartait et me laissait. Ça faisait très peur, tu sais, d'être abandonnée par mes parents.

— Nous avons tous peur par moments. Je dois t'avouer que je ne suis pas très rassuré à l'idée d'être prisonnier sur ce monticule.

— Moi non plus !

— Je suis certain qu'on n'est pas très loin de cette ferme. J'ai bien envie d'aller chercher de l'aide pendant que les autres dorment encore.

— Tu vas prendre la voiture ?

— Non, je vais y aller à pied. Je ne peux pas prendre le risque de l'enliser, c'est tout ce qui nous reste. Je ne risque pas grand-chose, ce n'est pas très profond. Je ne peux pas rester sans rien faire, tu viens avec moi ?

— Tu connais le chemin ? »

J'étais déchirée entre mon envie d'être seule avec lui et la crainte de me perdre dans le désert boueux.

« Je suis certain d'avoir vu une rangée d'arbres avant la tombée de la nuit, en plus j'ai une bonne boussole. En fait, il suffit de marcher vers le nord.

— Tu crois que mon père va nous laisser partir ? murmurai-je en vérifiant s'il dormait encore.

— On lui laissera un mot. Il sera très content que des secours arrivent. Si nous restons ici sans rien tenter, personne ne pourra deviner où nous sommes.

— Tu as raison ! Je pars avec toi ! On y va ?

— Le jour commence à se lever. On ferait bien de partir avant que les autres se réveillent. Je n'ai pas envie de discuter pendant des heures pour savoir si c'est bien raisonnable. »

Il attrapa mon sac et en sortit mes vêtements. Je n'avais plus mon maquillage disparu la semaine dernière, j'étais bien contente de ne plus le trimballer. Il y mit des fruits secs et du bœuf en gelée et prit la boussole.

« On y va ! » dit-il en me tendant la main.

Je regardai mon père à la dérobée. Il dormait toujours. Je pris la main de Bruce chaude et rassurante, j'aurais pu le suivre jusqu'au bout du monde.

La marche n'était pas aussi pénible que je l'avais imaginé. Le sol n'était recouvert que de quelques centimètres d'eau car il n'avait pas plu pendant la nuit. Nous ne nous enlisions pas dans la boue. Lorsque nous nous enfoncions un peu, nos bottes faisaient de gros bruits de ventouses qui déclenchaient notre hilarité. Nous parlions de beaucoup de choses mais il ne me dit pas pourquoi il avait été de si méchante humeur deux jours auparavant, je ne l'avais d'ailleurs pas interrogé. Maintenant, il avait l'expression ravie d'un petit garçon qui fait une chose défendue.

Après quelques heures, nous fîmes une halte sur le sommet d'une petite colline d'où l'on voyait nettement la rangée d'arbres qui nous guidait. Nous étions sur le bon chemin. Nous mangeâmes quelques fruits et reprîmes la route. Chaque fois que l'un de nous trébuchait, nous éclations de rire, car nous étions recouverts de boue et ressemblions à des martiens un peu grotesques.

J'avais tout oublié des dangers qui auraient pu nous menacer lorsque, soudain, je vis dans la boue une forme brune qui se dirigeait vers nous.

« Bruce ! hurlai-je, il y a un crocodile, il faut se réfugier sur la fourmilière. »

Au lieu de courir il se mit à rire.

« Vous, les filles de la ville, vous ne savez pas distinguer un fantôme de votre ombre !

— Tu as peut-être envie de te faire arracher une jambe mais pas moi, dis-je en courant vers la fourmilière qui me mettrait à l'abri.

— Leçon de survie n° 1 : "Comment reconnaître un crocodile d'un tronc d'arbre", déclara Bruce d'un ton sentencieux et il se pencha pour ramasser la grosse branche que je prenais pour un crocodile.

— Très drôle ! dis-je en descendant de mon abri. J'ai vraiment eu peur. »

Il continua à se moquer de moi le reste du chemin.

« Attention, Tiffany, sur la gauche je vois un tronc mangeur d'homme ! »

Ses plaisanteries m'agaçaient au plus haut point, et j'en vins à regretter d'être partie avec lui.

« Dire que j'ai pu te trouver mignon ! » m'exclamai-je en regrettant immédiatement mes paroles.

Je devins écarlate.

Il me considéra avec intérêt.

« Je ne savais pas que tu me trouvais mignon, fit-il avec un sourire adorable. Je veux dire par là que jusqu'à avant-hier, j'étais bien avec toi, et puis tu es devenue froide et distante à un point tel que j'ai cru que tu me détestais.

— Je ne serais pas partie rejoindre cette ferme avec quelqu'un que je détestais », dis-je en accélérant le pas.

Il me rattrapa, et me prit par l'épaule.

« Alors comme ça, je suis mignon ?

— Demande à Pamela !

— Je sais très bien ce que pense Pamela, mais c'est ton avis, à toi, que je veux connaître !

— Ça te fait vraiment plaisir de savoir que toutes les filles t'adorent ?

— Pas toutes ! Tiffany, te rends-tu compte

119

que j'ai essayé d'être seul avec toi depuis que nous avons quitté Sydney et à chaque fois quelqu'un arrivait. Au moins maintenant nous sommes tranquilles. Personne ne pourra venir nous déranger.

— Que voulais-tu me dire quand nous serions seuls ?

— Seulement cela. »

Il entoura mon menton de sa main et rapprocha son visage du mien puis ses lèvres rencontrèrent les miennes dans le plus doux baiser qu'on m'ait jamais donné. Il me regarda avec tendresse. Ses yeux cherchèrent les miens comme s'il n'était pas très sûr que je veuille qu'il continue.

Soudain, il n'y eut plus ni passé, ni futur, personne d'autre au monde, tout était simple et clair entre nous. J'étais là et Bruce était avec moi. C'était le moment que j'avais si longtemps attendu.

Il me prit dans ses bras et me serra très fort. Ses lèvres cherchèrent à nouveau les miennes. Soudain, il poussa un cri et fit un bond en arrière.

« Que se passe-t-il ? »

Son visage était livide.

« Je crois que j'ai été mordu par un serpent. Aide-moi une seconde. »

Il s'appuya à mon épaule et sortit son pied de sa botte.

Dès que je le vis, j'éclatai de rire.

« Un serpent ! Tiens, tiens, tiens... Vous, garçons des villes, vous ne parvenez pas à faire la différence entre un serpent et une écrevisse. »

Le crustacé qui avait pincé sa cheville retomba dans l'eau avec un gros bruit.

« J'aurais juré que c'était un serpent, ça m'a fait aussi mal qu'une morsure, dit-il en frottant sa cheville.

— Pauvre petit bébé... Je vais te faire un gros bisou pour te guérir.

— Attends un peu que nous soyons sur la terre ferme ! Tu vas voir !

— Bon ! Ça nous met à égalité, ajoutai-je en riant, un point partout.

— Tu as raison, nous sommes à égalité et faits l'un pour l'autre. »

Il me reprit dans ses bras.

« Bruce ! tu te souviens de ce qui s'est passé la dernière fois que tu as voulu m'embrasser ? Cette fois, ça pourrait être un vrai serpent, je crois qu'il vaut mieux poursuivre notre chemin, je ne veux pas passer la nuit ici, même avec toi.

— Tu as raison, on continue, je vais traîner ma pauvre cheville. »

Nous repartîmes en rigolant comme des gosses de deux ans.

Au milieu de l'après-midi, les arbres étaient toujours devant nous mais toujours aussi loin.

« Bruce, tu crois vraiment qu'on y arrivera avant la tombée de la nuit ?

— Ne t'inquiète pas, on trouvera bien une termitière pour y passer la nuit.

— Exactement ce dont j'ai toujours rêvé, toi, moi et des milliers de termites.

— En attendant, viens te reposer deux minutes sur celle-là, car bien que tu te sois moquée de moi avec une cruauté extrême, cette écrevisse m'a fait mal ! »

J'étais très contente de pouvoir me reposer un peu. Nous nous hissâmes au sommet de la termitière et nous assîmes côte à côte.

« Regarde, d'ici on voit la maison, dans une heure ou deux, nous serons à l'abri sur la terre ferme. »

Dès que j'aperçus les bâtiments, je me sentis rassérénée.

« Je n'arrive pas à y croire ! On va enfin pouvoir passer une nuit dans des vrais lits, nous aurons à manger, il n'y aura pas de moustique, pas de crocodile et pas d'écrevisse et...

— Chut ! tu as entendu le bruit ?

— C'est un moteur, Bruce ! Tu crois qu'ils nous envoient un bateau ?

— Non, répondit-il en fronçant les sourcils, j'ai un horrible pressentiment... »

Une seconde plus tard, un hélicoptère fut en vue. Il resta un moment au-dessus de nos têtes en faisant un vacarme assourdissant. Sans qu'il se pose, la porte s'ouvrit laissant apparaître le visage parfait de Pamela.

« Bruce, mon chéri, hurla-t-elle pour dominer le bruit du moteur, j'étais malade d'inquiétude à ton sujet. Ils ont envoyé des camions mais je voulais être la première à te trouver. »

Bruce la regarda avec fureur.

« Va-t'en ! Fiche le camp ! Je ne veux plus te voir et je ne veux pas être secouru ! »

10

*N*ous restâmes assis au sommet de la termitière géante pendant que l'hélicoptère prenait de l'altitude. Pamela n'avait pas insisté. Lorsque l'engin disparut de l'horizon, nous nous regardâmes et éclatâmes de rire.

« Bruce, à cause de toi, plus personne ne voudra venir à notre secours !

— Ce n'est pas trop grave, je me trouve très bien ici.

— Je suis très bien avec toi, mais je me vois mal passer le restant de mes jours sur deux mètres carrés de boue ! »

Bruce rit si fort que plusieurs grands oiseaux s'envolèrent.

« T'ai-je déjà dit que tu étais adorable, dit-il en caressant mon menton, que tu avais les yeux les plus incroyablement bleus et le plus joli nez du monde ?

— Non pas encore, mais je t'écoute !

— Très bien ! Tu es adorable, tu as des yeux magnifiques et un très joli nez. »

Il déposa un petit baiser sur le bout de mon nez. Je ne pouvais m'empêcher de repenser à toutes les fois où j'avais grimacé devant mon miroir maudissant le ciel de m'avoir donné un nez aussi puéril. Maintenant pour rien au monde, je n'aurais voulu le changer. Bruce le trouvait joli et c'était tout ce qui comptait pour moi. Pamela avec son nez retroussé était battue à plate couture !

Pamela ! Soudain, ce que Bruce avait dit me fit bondir.

« Tu as dit à Pamela de partir ! »

Il me regarda de cet air amusé qui m'avait tant agacée.

« Elle va être furieuse, ajoutai-je.

— C'est certain !

— Ça veut dire que tout est terminé entre vous ?

— J'en ai bien l'impression.

— Oh ! »

Je n'osai rien ajouter de plus. C'était trop beau et je ne voulais pas tout gâcher. Nous restâmes silencieux quelques instants.

« Tu ne crois pas qu'on devrait continuer ? Une colonie de fourmis a pris possession de ma jambe droite et c'est très désagréable.

— Non, pas encore, répondit Bruce en posant son bras sur mon épaule. Je ne veux pas retrouver les autres tout de suite, je veux d'abord t'expliquer pour Pamela.

— Tu n'as pas à le faire, cela ne me regarde pas.

— Ce n'est pas ce que tu crois. Je veux que tout soit clair. Pamela n'est rien pour moi.

— Bien sûr ! Une fille poursuit un garçon en hélicoptère au milieu de l'Australie et ce garçon n'est rien pour elle.

— Je n'ai pas dit que je n'étais rien pour elle, au contraire.

— Je ne te suis pas très bien, tu veux dire que Pamela a tout imaginé.

— Pas exactement, dit Bruce embarrassé, elle est très belle, très chaleureuse et...

— Ne continue pas, j'ai compris.

— Non, attends ! Nous avons grandi ensemble, ses parents sont les meilleurs amis des miens. A chaque fois que nos familles se rencontraient c'était "Bruce et Pamela vont bien ensemble ! Quel joli couple !", etc. J'aimais bien aller à des fêtes et à des dîners avec elle mais quand elle a voulu que ça devienne sérieux entre nous j'ai fait machine arrière. Tu vois, nous ne nous intéressons pas du tout aux mêmes choses.

Elle aime tout ce que je déteste. Pour elle, rien n'est plus important que les fringues et le maquillage. Pour elle la nature, c'est prendre des bains de soleil dans la propriété de ses parents. Ça ne pourrait jamais coller entre nous, mais elle ne le comprend pas. Pamela est une enfant gâtée et elle obtient toujours ce qu'elle veut. Elle va avoir beaucoup de mal à accepter l'idée de ne pas m'avoir !

— Pourtant, elle a fait beaucoup d'efforts ! Je ne me crois pas capable de poursuivre quelqu'un en hélicoptère.

— Mais tu n'es pas comme elle. Au début, je l'ai cru mais j'ai vu que tu savais te préoccuper de ce qui est réellement important et puis tu ne te mets pas toujours en avant comme elle le fait... En plus, tu as le plus joli nez du monde !

— Je ne veux pas que tu me parles de mon nez ! Je vais finir par avoir un complexe. Tu crois sérieusement que Pamela va laisser tomber maintenant qu'elle t'a vu en bonne compagnie sur la termitière !

— Ça m'étonnerait. Pamela ne lâche pas prise facilement. Elle veut que je rentre, elle a même demandé à mes parents de me faire revenir en leur disant que j'étais en danger. C'était ça l'appel radio de l'autre jour. J'étais fou de rage.

— Oui, j'avais remarqué !

— Pamela a affolé ma mère, et mon père m'a parlé et m'a demandé de rentrer pour les fêtes

128

de Noël. Lorsque j'ai dit que je ne rentrerais pas, il s'est mis en colère. Tu vois, ma mère est très nerveuse et elle est morte d'inquiétude dès que je quitte la maison, alors si Pamela lui a dit que je risquais ma vie !

— Oui, je comprends bien. Mais, dis-moi, tu as bien dit Noël, j'avais complètement oublié que c'était dans quelques jours.

— Oui, c'est très bientôt.

— C'est fou, tu te rends compte ! Il neige à New York, tout le monde fait ses achats, les vitrines sont illuminées.

— Tu aimerais être chez toi ?

— Non, cette année je crois que je préfère réveillonner avec une armée de fourmis le long de ma jambe. Et toi, tu vas partir ?

— Certainement pas, j'ai dix-sept ans, je ne suis plus un petit garçon, je n'ai plus à obéir à mes parents. Tu sais, Tiffany, c'est vraiment difficile d'avoir un père comme le mien. Il a débuté avec un petit lopin de terre et une centaine de moutons, et il est à la tête maintenant de l'industrie de laine la plus puissante d'Australie. Il sait ce qu'il veut et se donne toujours les moyens de l'obtenir. La plupart du temps, je cède car c'est le plus simple, mais je commence à prendre mes propres décisions. Par exemple, je veux aller à la faculté, papa pense que ce n'est pas la peine, alors je me suis inscrit sans lui en parler. Je ne sais pas du tout comment il va réagir quand il l'apprendra, mais je ne peux ni ne veux continuer à être sous ses ordres par crainte d'un affrontement, et l'autre jour, par exemple, lorsque je lui ai parlé par radio, j'ai décidé qu'il était grand temps pour moi de prendre ma vie en main et j'ai refusé tout net de rentrer.

— C'est très bien ! Je crois que nous avons appris beaucoup de choses tous les deux pendant ce voyage, je comprends beaucoup mieux ce que voulait dire mon père !

— Et je crois bien que nous allons encore progresser, dit-il en regardant au loin. Ah, c'est bien ce que je craignais, ils ont envoyé un camion à notre secours. Finie la tranquillité !

— Nous trouverons bien des moments pour être seuls ! »

Une demi-heure plus tard, nous étions à bord du camion.

« Qu'est-il arrivé à la jeune fille de l'hélicoptère ? demanda le fermier. Elle nous a dit qu'elle allait vous chercher puis nous a rappelés par radio pour me demander de venir.

— Je crois qu'elle est rentrée chez elle, répondit Bruce en serrant ma main.

— Mais elle faisait partie du service de secours ou non ?

— Non, c'est une sorte de garde du corps mais je n'ai plus besoin d'elle. »

Je fus émerveillée en entrant dans la maison : un gigantesque sapin de Noël occupait un angle du salon. Il était couvert de boules et de guirlandes et parsemé de neige artificielle. C'était incroyable, j'avais l'impression d'avoir voyagé dans le temps. Une minute plus tôt, j'étais sur une termitière géante dévorée par les moustiques et accablée de chaleur, et soudain je me retrouvais au centre de ce qui aurait pu être une gravure de Noël, c'était totalement irréel.

Ce qui fut moins irréel et beaucoup moins amusant fut la réaction de mon père. Il vint à ma rencontre l'air absolument furieux.

« Tu te rends compte de ce que tu as fait ? hurla-t-il. Vous auriez pu vous perdre et ne jamais revenir. De plus, nous aurions pu nous perdre en partant à votre recherche. Il est impossible de prendre des risques aussi insensés dans ce pays ! Je te conseille de ne plus jamais oublier que c'est moi qui donne les ordres !

— C'est entièrement de ma faute, monsieur, dit Bruce, je ne voulais pas attendre les secours et j'étais certain de ne pas me perdre. »

Mon père laissa échapper un gros soupir.

« Bruce, peux-tu me dire ce que j'aurais expliqué à tes parents s'il t'était arrivé quelque chose ?

— Qu'aurait-il pu se passer ? Je connaissais la direction, nous n'avions de l'eau que jusqu'aux genoux et il y avait plein de termitières et de fourmilières pour se reposer. Je me trompe, Tiffany ?

— Non, c'est vrai, papa, je t'assure qu'il n'y avait aucun risque.

— Ce qui me surprend le plus, Tiffany, c'est que tu sois partie, dit mon père. Quand je pense que tu avais peur de mon chien et que tu voulais dormir sous une tente pour ne pas risquer de rencontrer un insecte... D'ailleurs tu ne voulais même pas venir et puis, tout à coup, tu traverses des cours d'eau infestés de crocodiles. J'avoue que je ne comprends pas très bien ton changement d'attitude.

— Bruce n'avait pas envie de partir seul, dis-je en réprimant un sourire.

— Et si je n'avais pas eu envie de filmer des requins seul, tu serais venue avec moi ?

— Papa, tu ne comprends rien à rien ! s'exclama Adam. Tu n'es pas Bruce. »

Mon père parut enfin comprendre.

« Ah, je vois, dit-il lentement, c'est donc ça ? Eh bien, à l'avenir les tourtereaux, faites en sorte de rester à portée de vue.

— C'est bien pour cela qu'ils se sont échappés, dit Adam en souriant. D'ailleurs, chers amis, je vous signale qu'il y a un coucher de soleil magnifique à ne rater sous aucun prétexte.

— J'adore les couchers de soleil ! dit Bruce en faisant un clin d'œil à Adam. Tiffany, viens, on ne peut pas rater ça. »

Il me prit par la main et nous sortîmes laissant Adam hilare et mon père stupéfait.

Nous dépassâmes les bâtiments de la ferme et marchâmes jusqu'à la clôture de la propriété. Le spectacle était magique. Sous des bandes d'épais nuages, le ciel s'était éclairci et les alentours étaient inondés d'une lumière radieuse. Des traînées de rouge, de rose et d'orange dansaient sur l'eau et se reflétaient sur les nuages.

« C'est la fin parfaite d'une journée parfaite », dit Bruce. Il me prit dans ses bras et m'embrassa. Cette fois, il n'y eut pas de serpent ou plutôt d'écrevisse pour nous interrompre. Comme nous étions seuls et avions tout le temps devant nous, ce baiser dura une éternité. Lorsqu'enfin nous ouvrîmes les yeux, ce fut pour constater que nous avions de la compagnie. Des centaines de minuscules oiseaux s'étaient installés sur la barrière. Il y avait aussi des perroquets roses et des perruches vertes comme nous en avions rencontré au début de l'expédition. Ils pépiaient à qui mieux mieux tout en se désaltérant à l'eau d'une grande mare.

« Tu sais comment on appelle ces petits

oiseaux en Australie ? Des oiseaux d'amour : c'est un bon présage, tu ne crois pas ?

— Mais certainement, cher ami, certainement », dis-je en plaisantant. Je me lovai dans ses bras et ajoutai sérieusement : « Je préfère ne pas penser à l'avenir, il ne nous reste que si peu de jours à passer ensemble. Pour la première fois de ma vie, j'ai rencontré un garçon qui me comprend vraiment et il faut que je parte, ce n'est pas juste !

— Ne t'inquiète pas, dit Bruce en caressant mes cheveux, il nous reste plus d'une semaine.

— C'est si peu !

— Je suis certain pour ma part que l'on peut obtenir ce que l'on veut si l'on essaie vraiment.

— Je vois que ton père a beaucoup d'influence sur toi !

— Peut-être, je sais bien que c'est une arme à double tranchant, mais j'ai appris à m'en servir !

— Je suis d'accord pour me battre de toutes mes forces pour obtenir ce que je veux !

— Alors tu vois, Tiffany, si nous nous y mettons tous les deux, je suis certain que nous réussirons malgré tous les obstacles.

— Le premier à vaincre sera la vigilance de mon père, il était furieux.

— Je le comprends, il ne savait pas où nous étions et il était très inquiet. Les parents ont la fâcheuse manie de hurler quand ils s'inquiètent à notre sujet.

— Oui, il faut leur apprendre à nous faire confiance. Si nous faisons nos preuves, ils nous respecteront.

— C'est certain, d'ailleurs, nous avons bien commencé, nous étions sur le bon chemin ! »

Le soleil était d'un rouge flamboyant, nous regardâmes ses derniers rayons se noyer à l'horizon.

« Il faudrait rentrer maintenant, dit Bruce.

— Oui, tu as raison sinon tout le monde va se demander où nous sommes. »

Nous repartîmes en silence pour mieux savourer l'instant, nos mains étroitement enlacées.

11

*L*es Barber furent très chaleureux et hospitaliers. Ils insistèrent pour que nous passions les fêtes avec eux.

« Nous adorons recevoir des invités, dit Mme Barber, et j'ai l'impression que quelques jours de repos ne pourraient pas vous faire de mal. »

Je jetai un coup d'œil à mon père dans l'espoir de le voir accepter cette invitation. Nous dormirions enfin dans de vrais lits et ferions des repas normaux. Bruce et moi, nous pourrions contempler quelques couchers de soleil.

Mais mon père secoua la tête.

« Merci beaucoup, c'est très gentil de votre part mais nous devons continuer. Merci encore de nous avoir aidés à réparer la Land-Rover et de nous avoir accueillis avec autant de générosité. Malheureusement, nous avons rendez-vous avec un chasseur de crocodiles.

— Je pourrais rester avec Bruce pendant que tu filmeras les crocodiles. »

Mon père éclata de rire.

« Pas question, ma petite fille. Je suis certain que tu vas adorer les crocodiles ; de plus, nous ne repasserons pas par ici, après avoir filmé ces charmantes bêtes, mais nous repartirons vers l'est puis nous gagnerons Sydney.

— Je pourrais toujours demander à Pamela de venir nous chercher en hélicoptère, dit Bruce en me faisant un clin d'œil.

— Elle ne refuserait sans doute pas de t'emmener mais elle me balancerait certainement au beau milieu du désert, dis-je en riant. D'accord, papa, mais je préférerais passer Noël ici plutôt que de regarder un vieux fou chasser les crocodiles.

— Que dirais-tu de regarder maman et Dennis chercher un bon restaurant pour y dîner le jour de Noël ? demanda Adam.

— Je crois que j'aime encore mieux les crocodiles ! »

Nous passâmes donc Noël dans une chaleur étouffante sur la rive d'une rivière boueuse à regarder papa filmer les crocodiles. A la fin de la journée, il était ravi car il avait fait des plans superbes. J'aurais été incapable de dire si c'était vrai ou non car je n'étais pas suffisamment près pour en juger. J'étais devenue courageuse et intrépide, mais pas folle au point de me mettre sur le chemin d'un crocodile effrayé et affamé.

Le soir, nous fîmes un somptueux repas. J'avais décidé de me mettre aux fourneaux car j'en avais assez de la « cuisine » de Sam. J'utilisai les provisions données par les Barber et tout le monde se répandit en compliments. Sam fut le plus élogieux et me confia que jamais il n'aurait su en faire autant.

Après ce jour mémorable, nous retrouvâmes les aliments déshydratés et le bœuf en gelée jusqu'à notre arrivée sur la côte. Nous traversâmes sur plusieurs centaines de kilomètres une région humide, chaude et inhabitée. J'appris à me servir de la boussole et de la radio et même à reconnaître les pistes dans l'obscurité. Après plusieurs jours monotones, nous atteignîmes enfin une petite ville située sur la mer de Corail. A ma grande joie, il y avait quelques magasins. C'était curieux ! Quelques semaines auparavant, je les aurais trouvés minables et j'aurais ri en voyant les femmes porter des robes de cotonnade et des socquettes mais après le désert même une ville comme Cairns me parut aussi civilisée que New York ou Los Angeles.

Nous ingurgitâmes des kilos de hamburgers et de glaces. Puis il fallut reprendre le travail. Nous descendîmes le long de la côte pour filmer des requins.

Nous étions si occupés que j'eus à peine le

temps de rester seule avec Bruce. Je gardais enfouis au plus profond de ma mémoire, comme un précieux trésor, les moments passés à contempler ce coucher de soleil si romantique. Je n'avais même pas l'occasion de penser que je n'allais pas tarder à regagner New York et à retrouver maman et Dennis. Ce ne fut qu'en arrivant chez les parents de Bruce que je compris que l'expédition était bien terminée et que j'allais être confrontée à la réalité.

Bruce était anxieux de savoir ce que je pensais de la maison familiale située dans les environs de Sydney.

« Tiffany, comment la trouves-tu ? »

Nous avions prévu de passer quelques jours chez les Dawson avant de repartir en Californie.

Je dus avoir l'air étonné car Bruce éclata de rire.

« Je n'ai encore rien dit, mais j'avoue que je ne m'attendais pas à ça !

— Je comprends très bien », dit-il en me prenant la main.

C'était une des choses que je préférais chez Bruce : sa faculté de comprendre les autres et d'être attentif à leurs sentiments.

« Allez, viens ! Je vais te présenter à ma mère et à mes sœurs. »

Lorsque je descendis de voiture, un jeune kangourou vint à ma rencontre en sautillant. Deux chiens le poursuivaient en aboyant. Le kangourou se retourna brusquement, fit un bond et repartit. Les chiens continuèrent leur poursuite, il était évident qu'ils avaient l'habitude de jouer ensemble.

La maison me paraissait bizarre. J'avais imaginé une villa luxueuse comme celles des millionnaires de Beverly Hills, somptueuses et souvent ornées de piscines en forme de cœur, de fontaines et de sculptures. La maison des parents de Bruce était vaste, très simple et dans une véritable pagaille. Elle était de plain-pied, croulait sous les plantes grimpantes. Dans l'immense jardin qui se terminait par un ravin, la végétation croissait à son gré. De l'autre côté du ravin, brillaient le sable blanc et les vagues bleues de l'océan. On se serait crus au bout du monde et Sydney n'était pourtant qu'à une demi-heure.

« Mon père adore cet endroit car nous sommes presque à la limite du Bush mais il peut aller tous les jours facilement à son bureau. »

La porte d'entrée s'était ouverte laissant passer un chien qui bondit sur Bruce, puis une femme très belle, grande et bronzée qui ressemblait beaucoup à son fils.

« Bruce, mais tu sembles être en pleine forme, dit-elle en l'embrassant. D'après ce que m'avait dit Pamela je croyais te revoir maigre et épuisé.

— Elle est jalouse, maman, c'est tout !

— Ah ! Je comprends, dit Mme Dawson en souriant. J'aimerais bien que tu me présentes ton amie. »

Elle me regarda, intriguée.

« Ce n'est pas la jeune fille qui...

— Il n'y en a pas d'autres ! Maman, je te présente Tiffany, Tiffany, Maman.

— Je suis enchantée de faire votre connaissance, Tiffany, dit Mme Dawson en me tendant la main, je vous prie d'excuser ma stupéfaction mais Pamela m'avait dressé un tel portrait que je m'attendais à voir débarquer une sauvageonne, or vous êtes une délicate petite jeune fille.

— Tu te trompes, maman, dit Bruce en m'enlaçant, Tiffany n'est pas en porcelaine ! De toute façon, Pamela ne raconte que des sornettes.

— Ah bon ? Vous ne vous étiez pas réfugiés sur une termitière ?

— Ça c'est vrai ! Je te raconterai tout cela plus tard, pour le moment j'aimerais bien manger quelque chose, je meurs de faim ! »

J'avais attendu ce moment depuis des jours. Pendant les derniers kilomètres, alors qu'à cause des cahots ma tête heurtait les boîtes de pellicules, je me disais : *Encore quelques jours et je serai chez Bruce*. Je comptais les jours sur les doigts de ma main comme lorsque j'étais enfant.

Maintenant que nous étions enfin arrivés, les choses ne se passaient pas du tout comme je l'avais imaginé. Certes, j'avais pu mettre enfin de jolis vêtements et coiffer mes cheveux mais cela n'avait plus aucune importance. Personne ne faisait attention à ces détails dans la maison.

Le père de Bruce allait au bureau en short et assistait aux dîners en tee-shirt. Les sœurs et la mère de Bruce portaient des shorts ou des robes de coton aux couleurs passées. Si j'avais passé des heures à m'habiller et à me maquiller, la famille Dawson aurait cru que je cherchais à l'impressionner. De guerre lasse, je remis mes shorts et passais plusieurs après-midi à explorer le Bush avec Bruce. C'était très intéressant, mais j'étais préoccupée par l'avenir.

Un jour, alors que j'étais allongée sur une chaise longue dans le jardin à l'ombre d'un eucalyptus, Bruce surgit derrière moi :

« A quoi penses-tu ?

— Je lisais.

— Menteuse, dit-il en souriant, je t'observe depuis un quart d'heure, et tu n'as pas tourné une seule page. Donc tu réfléchissais ou tu rêvassais, tu me racontes ? »

J'émis un long soupir.

« Je ne sais pas, Bruce... C'est difficile à dire, je repars dans quelques jours et je ne sais pas quand je vais te revoir. Tu vas me manquer... Et puis, je retourne vivre avec ma mère.

— Tu ne l'aimes pas ?

— Bien sûr que si, mais je n'ai plus trop envie de vivre avec elle, j'y pense depuis l'incendie. J'ai beaucoup changé et je me rends compte que mon ancien mode de vie ne me plaît plus. Tu as vu comment j'étais lorsque tu m'as connue.

— Plutôt pénible. Tu aurais été capable de

tout rater de peur de faire une tache sur ton joli tee-shirt.

— C'est exactement ça, je vivais dans un monde artificiel, coupé de la réalité. Pour moi, tout est différent maintenant et je ne veux plus vivre comme avant.

— Tu ne veux pas vivre avec ton père ? »

Je haussai les épaules.

« Je ne sais même pas s'il voudrait de moi. Il a l'habitude de vivre avec Adam, et si je faisais cela ma mère serait très malheureuse, elle aurait l'impression que je lui préfère mon père.

— C'est bien embêtant et compliqué... »

Nous restâmes un moment silencieux. Un oiseau se mit à chanter dans le ravin pendant qu'une légère brise agitait les arbres. Il m'était impossible d'imaginer que dans une semaine, je serais au lycée. Les rues seraient enneigées, le froid glacial alors qu'ici il faisait si beau. J'allais revoir Becky, Greg et tous les autres, je n'avais pas pensé une seule fois à mes copains depuis mon départ. J'avais même oublié le visage de Greg. Je compris pleinement que ce n'étaient que des copains, en aucun cas des amis. Que je les revoie ou non n'avait aucune espèce d'importance. Depuis que mes parents avaient divorcé, seul Bruce avait su trouver le chemin de mon cœur et j'allais le perdre à tout jamais...

Je me tournai vers lui avec tristesse.

« Tu vas beaucoup, beaucoup me manquer.

— Tiffany ! Ce n'est pas la fin du monde. Ne

fais pas cette tête. Qui sait ? Tout va peut-être s'arranger.

— Sûrement oui... Je vais retourner au lycée, revoir maman et Dennis, et toi, tu vas retrouver Pamela.

— S'il y a une chose dont je suis certain, c'est de ne pas retrouver Pamela.

— D'accord ! Mais même si tu ne la revois pas, tu m'oublieras. Un jour, je montrerai les films de papa à mes petits-enfants et je leur dirai : "C'est un jeune homme qui a beaucoup compté pour votre grand-mère, il était charmant". »

Bruce éclata de rire et me prit la main.

« Tu as toujours le nez le plus ravissant du monde. Je ne retrouverai jamais le même en Australie ! Sérieusement, Tiffany, ne crois pas que tu es la seule à avoir des problèmes. Ce n'est pas marrant de vivre avec mon père, tu sais. Je t'ai dit que je m'étais inscrit à l'Université, et je ne sais toujours pas comment le lui annoncer.

— Je ne comprends pas ! Comment un père peut-il s'opposer à ce que son fils aille à l'Université ?

— Papa a l'habitude de parvenir à ses fins et en l'occurrence, il veut que j'entre dans les affaires pour pouvoir plus tard prendre la direction de l'entreprise.

— Ça ne t'intéresse pas ?

— Tu m'imagines derrière un bureau ? Vendre de la laine, ce n'est pas mon truc. En Australie, nous avons un des plus beaux environnements du monde, et je veux aller à l'Université pour apprendre à le protéger et à le mettre en valeur. J'aurai bien le temps plus tard de me pencher sur l'industrie lainière. Ça évidemment, mon père ne le comprend pas, il s'est "fait" tout seul et n'a jamais fait d'études.

— Je croyais, pourtant, qu'il s'intéressait à la nature, il a financé l'expédition.

— Maintenant qu'il est millionnaire, il veut bien dépenser de l'argent pour des choses qu'il estime être superflues, mais pour lui l'argent c'est la seule chose réellement importante.

— Je te plains ! Que crois-tu qu'il fera lorsqu'il apprendra que tu vas à l'Université ? Tu penses qu'il peut te l'interdire ?

— Je ne crois pas mais ce dont je suis certain c'est qu'il en fera tout un drame.

— Et ta mère, elle veut bien t'aider ?

— Ça m'étonnerait beaucoup, elle partage ses vues sur ce problème.

— Tu dois leur expliquer, avec des arguments, personne n'a le droit d'imposer sa conception de l'existence aux autres.

— Je vais essayer, je te l'assure, mais c'est l'homme le plus têtu d'Australie ! »

12

*B*ien que déprimante, ma conversation avec Bruce m'avait donné envie de me battre à mon tour. Le soir même, je composai avec appréhension le numéro de téléphone de maman. Passer un coup de fil à l'autre bout du monde allait me coûter une fortune mais il fallait à tout prix que je mette les choses au point.

Le téléphone sonna plusieurs fois avant que maman ne décroche.

« Allô ! Maman ? dis-je timidement.

— Tiffany ! Ma chérie ! cria-t-elle. Nous sommes rentrés hier. C'était formidable, mais dis-moi comment était-ce en Australie ? J'étais très inquiète.

— Il ne fallait pas, j'étais avec des gens responsables.

— Je sais bien que ton père est un homme responsable mais...

— J'ai, moi aussi, appris beaucoup de choses pendant ces semaines. »

J'entrepris de lui raconter ce que nous avions fait.

« Ma pauvre chérie ! Imaginer que tu as voyagé en Land-Rover ! Il n'y a rien de plus inconfortable. Je me doutais bien que ton père inventerait quelque chose d'affreux, je n'aurais jamais dû partir en croisière. J'en frémis rien que d'y penser ! Pas d'eau pour se laver, d'affreux insectes partout et cette chaleur... Mon Dieu ! C'est épouvantable, je n'aurais jamais pu survivre à une telle expédition.

— Calme-toi, maman, ce n'était pas aussi horrible que tu le dis. D'ailleurs, je me suis bien habituée à ce manque de confort, et puis j'ai retrouvé un autre sens des valeurs. Je pense maintenant que l'on n'a pas vraiment besoin de tout ce confort et... »

Elle m'interrompit.

« Moi, j'ai besoin d'avoir du confort. J'ai besoin de prendre une bonne douche bien chaude tous les matins, j'ai besoin d'avoir le temps de me maquiller, de me coiffer. Tous mes vêtements doivent être propres et bien repassés. Je n'aurais pas pu survivre dans ce désert.

— Moi, j'ai survécu et plutôt bien.

— Je me demande comment tu as fait. Heureusement que j'étais sur ce paquebot de luxe avec Dennis qui portait mes paquets. Je me suis acheté des choses ravissantes aux escales, tu verras... »

Je l'écoutais parler en sentant l'angoisse m'envahir. Comment avais-je pu être aussi frivole ? Comment avais-je pu ordonner à Bruce de porter mes valises ? Allais-je devenir comme maman si je retournais à New York ? Comment lui dire que je ne voulais plus vivre avec elle sans lui faire de la peine ? Soudain, j'eus une idée géniale et je lui coupai la parole à mon tour.

« Tu as tout à fait raison maman, j'ai hâte de vivre dans le centre de New York. Après tout ce temps passé chez les sauvages, j'ai vraiment envie de me replonger dans la civilisation et ses bienfaits, je meurs d'envie de savourer un somptueux repas dans un grand restaurant, après on pourrait aller danser dans une boîte à la mode. J'allais oublier la cinquième avenue et ses boutiques. Il faut absolument que je renouvelle toute ma garde-robe, je n'ai que des vieux machins à me mettre. » Je continuai un bon moment sur ma lancée. Très vite, l'enthousiasme de ma mère diminua.

« Ne t'excite pas ma chérie, tu n'as que seize ans et je ne crois pas que...

— J'ai beaucoup mûri, tu sais, et j'ai vraiment l'intention de vivre une vie nouvelle.

— Nous verrons, mais nous n'avons pas

encore commencé à chercher un nouvel appartement, celui de Dennis est trop petit. Il est si difficile de trouver quelque chose à Manhattan, cela risque d'être très très long.

— Tu as raison, c'est vrai, et je ne voudrais pas contrarier vos projets. L'appartement de Dennis vous convient, je pourrais peut-être vivre en Californie avec papa en attendant que vous trouviez un logement plus vaste ; de cette façon, vous aurez la possibilité de chercher en toute tranquillité.

— Mais... » Ma mère hésitait. « Je vais réfléchir. »

Je savais que sa réponse serait positive. Elle avait été effarée par mes projets à New York et une fois qu'elle serait confortablement installée avec Dennis, elle trouverait plus simple de me laisser en Californie avec mon père.

Je raccrochai en sachant que j'avais gagné. Je courus à la recherche de Bruce pour lui annoncer que j'avais remporté une victoire.

« Te voilà enfin, je t'ai cherchée partout, puis je suis allé me baigner, tu aurais dû venir, l'eau était excellente. »

Il était plus beau que jamais avec ses cheveux mouillés et les gouttes d'eau qui étincelaient sur ses cils.

« J'ai téléphoné à ma mère.

— Tu as réussi à obtenir ce que tu voulais ? demanda-t-il en se frottant avec une serviette.

— D'une certaine façon, oui, pour le moment

je peux rester avec mon père. Je n'ai pas eu l'impression qu'elle serait trop triste si je ne vivais pas avec elle.

— Pourquoi ne lui as-tu pas dit que tu resterais toujours en Californie ?

— Pour la même raison que tu n'as pas encore annoncé à ton père que tu ne travaillerais pas avec lui. Le temps arrangera les choses.

— C'est une bonne idée ! dit-il et il me fit un sourire mystérieux. Je vais essayer... »

Il déposa un baiser sur mon nez et partit sans rien ajouter. Je décidai d'aller parler à mon père.

Je le trouvai dans la bibliothèque, occupé à lire des comptes rendus d'expéditions.

« Papa, je viens d'appeler maman, elle n'est pas encore bien installée et elle aimerait bien que je reste avec toi, jusqu'à ce qu'elle trouve un nouvel appartement.

— Je suppose que l'appartement de Dennis est trop petit pour vous trois, répliqua mon père d'un ton sec.

— Oui, donc je ne repartirai pas à New York tout de suite.

— Ça t'ennuie beaucoup ?

— Je n'aurais pas pu reprendre ma vie d'avant, de toute façon, alors c'est très bien comme ça.

— Je vois. »

Mon père n'ajouta rien, et il y eut un silence pesant que je ne pus m'empêcher de rompre.

« Mon pauvre papa, je te mets devant le fait

accompli, dis-je, embarrassée. J'espère que cela ne te dérange pas trop, je t'ai déjà causé pas mal de soucis.

— Ma chérie, me dit-il doucement, c'est la meilleure nouvelle de l'année. Je suis très, très heureux. »

Je relevai la tête pour le regarder et vis qu'une larme glissait le long de sa joue.

« Papa ! » criai-je en me jetant dans ses bras.

Le jour tant redouté de mon départ pour les Etats-Unis arriva. Pendant les deux jours qui l'avaient précédé, Bruce avait été très silencieux mais aujourd'hui il avait retrouvé sa gaieté et sa bonne humeur. A chaque fois que je le regardais, un sourire retroussait les commissures de ses lèvres.

« Tu sembles bien content ! lui dis-je alors que nous marchions sur la plage. J'ai l'impression que tu es ravi que je parte. »

Il me regarda en souriant mais ne répondit pas.

« Viens te baigner, dit-il en m'entraînant dans l'océan.

— Bruce ! Attends une minute, je n'ai pas enlevé mon short. »

Toute protestation fut inutile, les vagues déferlaient sur nous, et il me tenait serrée dans ses bras.

« Tu ferais un sauveteur hors du commun,

surtout si tu pratiques le bouche-à-bouche de cette façon !

— Pas question, je suis le sauveteur d'une seule personne sur terre, les autres peuvent toutes se noyer ! »

Il me ramena sur le sable, et nous nous assîmes.

« Tu ne verras même plus cette personne demain, fis-je d'une toute petite voix.

— Je pourrais venir lui rendre visite de temps en temps si elle veut bien.

— Tu es complètement fou ! Tu sais combien il y a de kilomètres entre l'Australie et la Californie ?

— Qui parle d'Australie ? De l'université de Los Angeles à chez toi, ce n'est pas si loin que je sache !

— U.C.L.A. ! Tu parles bien de cette université ? »

J'étais si émue que je murmurais.

« Je ne crois pas qu'il y ait une autre université digne de ce nom à Los Angeles.

— Tu veux dire que c'est là que tu t'étais inscrit ! Pourquoi ne m'en avoir rien dit ? »

Il riait et ses yeux bleus étincelaient comme l'océan.

« Je préférais ne rien dire avant d'avoir réglé le problème avec mon père. Je ne voulais pas te faire de fausse joie.

— C'est bien vrai ! Tu pourras venir me voir tout le temps ! criai-je en lui sautant au cou.

— Attention ! J'ai l'intention de beaucoup travailler, alors ne t'attends pas à ce que je vienne tous les jours. Il faut que j'obtienne tous mes examens pour prouver à mon père ce dont je suis capable.

— Comment as-tu réussi à le convaincre ? D'autant que tu quittes le pays.

— Je l'ai un peu piégé, et ton père m'a beaucoup aidé en disant que leur programme d'études de l'environnement était le meilleur du monde.

— Bruce ! C'est merveilleux ! Mais comment l'as-tu piégé ?

— Je me suis inspiré de ce que tu avais dit à ta mère. J'ai fait preuve d'un tel enthousiasme à l'égard de son travail qu'il a eu peur de se sentir dépassé. Je voulais tout restructurer, tout bouleverser. Il a donc préféré me laisser aller quelques années à l'université afin que je calme mes ardeurs et que j'exerce "mes talents" ailleurs.

— Je n'arrive pas à y croire ! Quand je pense que j'étais désespérée à l'idée de ne plus te revoir.

— Je t'avais bien dit que tout finirait pas s'arranger en y mettant du sien ! Mais en attendant, ne perdons pas de temps. »

Il m'attira vers lui pour me donner le baiser le plus délicieux du monde.

C'était un baiser dont je me souviendrais toute ma vie, bien que je sache maintenant qu'il y en aurait des centaines d'autres dès qu'il arriverait à Los Angeles...

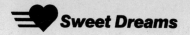 **Sweet Dreams**

Enfin des livres où les pages
vous prennent dans leurs bras.

*La série SWEET DREAMS : une série avec pour toile
de fond la musique, les rencontres, les vacances, le
flirt…*
Découvrez-la.

102 LA CHANSON DE LAURIE   Suzanne RAND

«J'ai carrément piqué un fard quand Skip, la
coqueluche du lycée, m'a proposé de prende un pot.
Il écrivait des textes pour son groupe de rock.
Je lui proposais un coup de main.
Il me brancha sur le couplet sur lequel il ramait.
les mots jaillirent de ma bouche... au feeling!
Bluffé le play-boy! Dès cet instant je n'avais plus
qu'une idée : chanter en duo avec lui.»

105 COVER GIRL   Yvonne GREENE

«La directrice de *Photo Star* croit que tu peux avoir un
grand avenir de mannequin.
— *Photo Star!* Mais c'est l'une des plus importantes
agences de New York... Oh! Maman, je ne sais quoi
dire, c'est tellement inespéré...»
Soudain, je songeai à Greg et à notre rendez-vous.
Qu'allait-il penser de ma nouvelle «profession», lui qui
déteste la mode et le maquillage?

107 LA FILLE AUX YEUX VERTS   Suzanne RAND

Je faillis lui jeter le flacon de parfum à la figure et lui
dire de le garder pour *son* amie Pam.
J'étais furieuse et découragée. La bague, la chevalière
du lycée, par laquelle il pouvait se lier avec une fille,
était encore à son doigt...
Il allait l'offrir à cette Pam, j'en étais persuadée...

104 LA FILLE DE CALIFORNIE   Janet QUIN-HARKIN

Je restai un long moment, les yeux fixés sur la porte
de la cafétéria, essayant de calmer mon mal du pays.
Ah! La Californie!
Tout à coup, je sentis que quelqu'un me regardait, je
tournai vivement la tête : dans la pénombre, un
garçon brun m'observait attentivement.
« Pourquoi me regarde-t-il? » me demandai-je en
baissant les yeux sur mon sandwich. Gêné, il rangea
les papiers qui traînaient sur sa table, un feuillet
tomba par terre, devant moi... c'était mon portrait...

108 AVANTAGE PERDU   Janet QUIN-HARKIN

« Balle de match! »
Je n'en pouvais plus...
C'était la première fois que je jouais contre Rick, le
champion du club et aussi le plus beau garçon...
Jusque-là, j'avais soutenu son rythme, mais il acceptait
très mal les points que je gagnais.
– «Alors Joanna?... » fit-il plein de mépris.
Par un ultime effort sur moi-même, je rassemblai
toute mon énergie. Mon service fut impeccable. Rick
n'avait pas bougé.
« Avantage perdu! » De rage, il jeta sa raquette par
terre et disparut comme une bombe.
– « Rick!... »
Comme histoire d'amour, ça commençait bien!...

121 SI J'AVAIS SU...   Jeanne ANDREWS

« Greg! Toi ici! »
– Je te rappelle que nous avons rendez-vous. Tu ferais
mieux de te grouiller, on va être en retard.
– Tu n'es pas obligé de m'emmener danser ce soir.
Tu seras avec "ta chère Sarah". Je risque de vous
déranger.
– Sarah? Qu'est-ce que tu racontes? Je ne vais quand
même pas danser avec ma sœur!... ».

Jack se rapprocha de moi et me prit la main. J'essayai de me concentrer sur le film; c'était la scène la plus attendue, la fameuse scène d'amour dont tout le monde parlait.

Jack m'enlaça, se pencha sur moi, je n'osai plus respirer... Soudain une tête s'interposa entre nous et hurla : « STOP! »

Jack fit un bond d'un mètre. « Mais, Charline, qu'est-ce que...? » souffla-t-il.

Saisie, je me retournai : j'étais nez à nez avec Adam. « Heu... excuse-moi, Jack, j'ai oublié de te prévenir. C'est mon frère aîné... il me suit partout... »

Je me serais cachée sous terre!

113 LE PIÈGE DE L'ÉTÉ   Barbara CONKLIN

« Sale menteuse! cria Cliff. J'en ai marre de toi, marre de cette maison!

– Pauvre idiot, va! hurlai-je sans réfléchir. Tout le monde sait que ton père ne te reprendra jamais. Tu es vissé ici, Cliff Morrow, et tu ferais mieux de t'y habituer tout de suite! »

Rien n'allait plus, cet été, depuis que Cliff et sa mère s'étaient installés chez nous : avec l'Amour, je découvrais la Haine...

118 UNE FILLE PAS COMME LES AUTRES Anne PARK

En entrant dans le studio, je ne pensais plus qu'à Dennis qui devait être là, perdu dans le public.

Je voulais jouer uniquement pour lui...

Lorsque j'attaquai ma partition, l'archet vola sur les cordes et les notes ruisselèrent comme un torrent.

Je croyais rêver.

Un silence impressionnant marqua la fin de mon solo.
J'avais le cœur serré.
Mr Greeley, le chef, souriait.
« Eh bien, mademoiselle Ashton, dit-il, je vous
engage immédiatement comme premier violon de
l'orchestre ! »

 **Sweet Dreams**

IMPRIMÉ EN FRANCE PAR BRODARD ET TAUPIN
Usine de La Flèche, 72200.
Loi n° 49-956 du 16 juillet 1949 sur les publications destinées à la jeunesse.
Dépôt : mars 1987.